Duty Free Shop

Duty Free Shop

FRANCISCO PACO MIERES

Número de Control de la Biblioteca del Congreso
de EE. UU.:   2012901750
ISBN: Tapa Dura   978-1-4633-1963-2
                       Tapa Blanda   978-1-4633-1964-9
                       Libro Electrónico   978-1-4633-1978-6

Para pedidos de copias adicionales de este libro, por favor contacte con:
Palibrio
1663 Liberty Drive, Suite 200
Bloomington, IN 47403
Llamadas desde los EE.UU. 877.407.5847
Llamadas internacionales +1.812.671.9757
Fax: +1.812.355.1576
ventas@palibrio.com
379982

Índice

Capítulo 1

El "Chino" Daniel

Cuando Federico pisó por primera vez el pueblo fronterizo de Barrachayni ya presumía que el tiempo cronológico y espiritual que pasaría allí no iba a ser el que había pensado en un inicio.

Había salido de la capital a las once de la noche e inmediatamente cayó en un profundo e incómodo sueño hasta que veinte minutos antes de las seis de la mañana del siguiente día la voz desprolija del conductor del bus y su insistencia en demostrarle el final de aquel interminable viaje de casi cuatrocientos kilómetros y seis horas había logrado despertarlo y recomponer rápidamente su realidad.

- "Señor, señor ya llegamos a destino. Hay un señor que dice no conocerlo que lo está esperando y por las señas que da se esta refiriendo a Ud. ...... además ud. Es el único pasajero que queda en el bus...... por favor despierte que yo también quiero ir a descansar.."

todavía somnoliento y desacomodado bajó del bus y mientras esperaba su equipaje que un chico le alcanzaba a cambio de una escasa propina se le acerca un diminuto hombre con semejanza a cualquier personaje de historieta barata, pequeño, delgado, de rostro castigado, poco pelo y aspecto totalmente desprolijo, pero con unos ojos vivaces que le encandilaban su cara.

- "Buen día señor ud., debe ser el sr. Federico, yo soy Daniel, o mas conocido en el pueblo como el "Chino" y además soy el capataz de la obra de la tienda que ud., va a ser el gerente y desde ya estoy a su disposición"

- "Mucho gusto Daniel, ya me habían hablado de ud., en la capital pero no tenía que venir a esperarme, yo de alguna manera me las iba a arreglar"

Aun somnoliento, y con pocas luces en su mente debido a la incómoda noche durmiendo en un bus, una brisa fronteriza y mañanera quizás todavía un poco fresca no ayudaban a que Federico terminara de acomodarse a este diminuto personaje que de primera vista lo veía como un personaje servil, esas personas que se "recuestan para el lado que da el sol eludiendo la sombra" buscando siempre sacar ventaja de cualquier situación.

- "Le reservé el mejorcito hotel del lado brasilero y creo que no me equivoqué en hacerlo por que ud., viene con mucha "pinta" para este pueblo, enseguida se van a dar cuenta que ud., no es de aquí"

La ropa de Federico lo había confundido. Si supiera que la "pinta" exterior eran viejos vestigios de una época ya pasada.

Mientras cargaba el equipaje del forastero en su vieja Combi VW con vidrios pintados ("bagayero" (1) viejo no le gusta que miren lo que llevan dentro del vehículo) le comenta al recién arribado que tenía una agenda preparada para la noche.

- "Don Federico, mire que esta noche hay una feria en la línea fronteriza y vienen empresas de la capital y habra bebida "a discreción" y haciendo una pausa sonriente – agrega – "y como yo no se lo que quiere decir discreción me voy a tomar unos cuantos escoceses, y yo dije que iba a llevar a un amigo: me refería a Ud. por supuesto, además ya les dije que ud., va a ser el futuro gerente de la tienda mas grande que haya existido en la frontera y todos lo quieren conocer. Que le parece?"
- "Me parece bien, le agradezco su invitación. No le voy a defraudar su presentación" le contestó Federico

Barrachayn es un pueblo fronterizo, separa dos países diametralmente opuestos. Uruguay y Brasil. Pero además lejos de separar, une varias culturas bien identificadas que forman una mezcla "bayana" (2) con un poco de todas ellas. Por un lado una arraigada a lo rioplatense – uruguayo-argentino, con origenes italo-españoles, por otro lado una fuerte y colorida herencia portuguesa abrasilerada y por último la cultura árabe fuertemente presente, identificada como "turcos" pero que en realidad son de origen Palestino como suele suceder a lo largo de la frontera uruguayo-brasilera y con raíces muy arraigadas a la empresa familiar.

Este mosaico de culturas que parecen ser irreconciliables se unen fuertemente para satisfacer a los turistas o por que no a contrabandistas - figura indisimulables de las fronteras – desde el fuertemente concurrido verano fronterizo hasta puntuales feriados de países vecinos donde unas de las atracciones favoritas es ir a Barrachayn a comprar de todo, desde las mas sofisticadas marcas en las tiendas de Free Shop fronterizas hasta los baratos comestibles brasileros, transformándose en un polo nada despreciable para la economía de toda la zona

La última vez que Federico comparecía en ese pueblo era bastante mas joven. Habían pasado casi veinte años

Una vez en el hotel, el "Chino" Daniel no se movió de al lado de Federico hasta tanto el empleado del hotel llenaba el formulario de rutina de registro.

- "Me quedo aqui con Ud., hasta que le den su cuarto por que si no habla nada de portugués, estos brasileritos son bastante ligeritos – ud., me entiende verdad – "
- "si, si claro – le contesta Federico – le agradezco su ayuda"
- "A propósito, sr Federico, a que hora lo vengo a buscar?"
- "Bueno, son casi ya las seis y treinta, me gustaría completar algunas horas de sueño, al menos en forma horizontal por que me duelen todos los huesos de dormir en el bus, luego un buen baño, un desayuno al estilo brasilero me dejarán como nuevo. Así que estaré listo alrededor de las once. ¿Esta bien?"
- "A esa hora lo recogeré"

Al recibir el cuarto de hotel, mas confortable de lo que pensaba en un primer momento, lo primero que hizo fue prender la televisión para sentir que su soledad al menos estaba acompañada.

La vida le había marcado este nuevo destino y ya lo había asumido como tal, tendría un desafio bien grande por delante: demostrar que podría tener éxito en una actividad nueva y para eso tenía que esperar pacientemente que transcurriera el tiempo. Estaba convencido de que se había prestado a un juego que quizás fuera sucio pero del que no se arrepentia, ni su familia sabia la verdad. Su mujer hasta ese momento estaba dispuesta a hacer un sacrificio y acompañarlo, en este que sería su último intento de revertir la situación de pareja pero todo era una incógnita.

En lugar de dormir al menos algunas horas, se dejó cautivar pur una película que logró verla en su totalidad, cosa que no podía hacer desde hacia bastante tiempo. Esto ya era un cambio. Hacia mucho tiempo que no lograba terminar de ver un programa de televisión, de ver totalmente una película, de leer un libro, ni siquiera un periódico. No lograba un minuto de concentración, la ansiedad lo estaba destruyendo. Sin duda esto era un nuevo augurio.

Luego de una ducha reparadora mientras se vestía mas sport, mas acorde con el pueblo, pensaba sobre Daniel, "por que tanta deferencia conmigo? sera por que estará bajo mis órdenes?" Se había vuelto muy desconfiado y muchas veces malinterpretaba a las demás personas. "El tiempo me dirá la verdad, siempre lo hace".

A las once en punto estaba la vieja Combi VW de Don Daniel en la puerta del hotel quién recogió a Federico y fueron hacia la obra.

Mientras estaba en el hotel se habia descargado con toda su fuerza una tormenta pasajera tipo tropical, una vez ya pasada el cielo se habia abierto y un sol radiante y poderoso caía sobre la ciudad. Las calle no habían perdido su peculiaridad a pesar del paso del tiempo: intransitable cuando llovía y una atmósfera irrespirable cuando había mucho sol.

Al llegar al predio y ver el estado del local percató que la obra iba a ser mas voluminosa de lo que le habían nformado en la capital.

Solo existían las paredes perimetrales y hacia el frente el local tenía dos plantas de las cuales la superior sería utilizada como oficina de la tienda. El techo que era de zinc fue inspeccionado palmo a palmo por Federico y descubrió que tenía muchas zonas muy deterioradas y el cielorraso estaba en su gran parte impresentable.

Se había contratado a un arquitecto argentino especialista en este tipo de tiendas - tiendas de Duty Free Shop – el cual había adelantado el proyecto, que sin lugar a dudas además de ser atractivo iba a ser impactante para la zona.

Inmediatamente Federico comenzó una ardua tarea, la de confirmar todas las medidas fisicas de la obra para confrontarlas con la de los planos para confirmar la compra de todos los materiales necesarios.

Esto obviamente no era tarea fácil y Federico lo supo desde el primer momento por lo cual se concentró en mente y cuerpo a esa tarea hasta que fue interrumpido por Daniel:

- "Sr. Federico los muchachos que traje para trabajar tienen hambre....... Ud.. sabe?"
- "Cómo?" contestó Federico
- "que los muchachos tienen hambre por que aqui se acostumbra que alrededor de la una de la tarde van a comer y fíjese la hora que es, ya son las.......?
- Federico interrumpió asombrado "son las cuatro de la tarde!!!! que barbaridad !!! perdonenme, vayan a comer por favor"
- "sr. Federico Ud. Que va a comer?, yo le recomiendo que vaya del lado brasilero a un "Spetus Corrido" (3)
- "Buena idea, hace mucho tiempo que no piso un restaurante de ese tipo, siguen siendo caros?"
- "El ticket cuesta alrededor de ocho dólares mas la bebida que ud., tome. No creo que sea eso caro para ud."
- "Le aclaro Daniel que la empresa solo me da ciento cincuenta dólares para viáticos cada vez que vengo a la frontera y de ahí me tengo que pagar el hotel, los pasajes de bus y cualquier gasto personal que tenga. Mejor como algo liviano y nos vemos aqui en la obra dentro de una hora por que supongo que sin luz podremos trabajar hasta no mas de las siete de la tarde"
- "exactamente sr. Federico, mas de las siete imposible trabajar"

No muy convencido y un poco desilusionado Daniel sonrió y pensó interiormente "va a ser dificil sacarle un centavo a este mozo"

Poco después de las siete y casi en penumbras había terminado la primera jornada de trabajo y el "Chino" Daniel volvió a insistir en la invitación para la noche y quedaron comprometidos en encontrarse a las ocho de la noche en la puerta de la obra.

Para Federico era una oportunidad de comenzar a hacerse conocer en el pueblo pero sin "mostrar todas sus cartas".

Para el "Chino" era probar al foastero cuan buen bebedor era por que eso sería una medida a tener en cuenta para su futura relación con Federico. Sería un buen compañero de andanzas nocturnas o simplemente seria una relación regular entre jefe y empleado.

Federico no necesitaba pruebas de buen bebedor, cosa que el "Chino" no sabía, guardaba las enseñanzas de su papa – Don Pico – como un Tesoro divino a lo que llamaba "inmunidad alcohólica" y reducido a una frase muy repetida por este señor: "tomar tomamos todos, hay que saber tomar"
No tomar con sed, si se tiene sed satisfacerla tomando alguna soda, o comer algo dulce antes de comenzar a tomar, tratar de tomar despacio y al mismo tiempo ir comiendo algo para "entretener las mandíbulas y ayudar al estómago a trabajar sin cansarse por que si esto pasaba comenzaban los problemas. Estos sencillos pero valederos consejos formaban parte de la herencia genetica de padre a hijo.

El recorrido del hotel hasta la puerta de la obra, Federico no dudo en hacerlo a pie, transitando entre las calle de tierra, todo en territorio brasileño, pero que a medida que se acercaban a la linea fronteriza que separaba o unía a los dos paises – de acuerdo como se "sienta" la frontera – se veía cambiar la precariedad por el asfalto.
Otro cambio importante que llamaba poderosamente la atención era la paradoja que se daba de que los comercios mas lujosos llamados "Free shops" dirigidos a los turistas en general y a la población brasilera en particular se encontraban del lado del país mas pequeño y los comercios masivos y mayoristas por excelencia, se encontraban del lado de uno de los países mas enormes del planeta
Federico contrario a Daniel, acudió - como era su estilo – puntualmente a la cita a las ocho y media hora mas tarde lo hizo Daniel.

-    "No crea que soy impuntual, lo que sucede es que la feria se inaugurara alredeor de las nueve y media y no a las nueve como iba a ser en un principio. Pero antes de ir si quiere lo invito a tomar algo para ir "calentando el pico" (4)
-    "De acuerdo pero ud., es el locatario, asi que yo lo sigo a donde ud., vaya"

Daniel eligió muy bien el lugar para iniciar lo que seria una larga noche: un restaurante del lado uruguayo "confiable" de que no servirian bebidas adulteradas como lo podrían haber hecho en cualquier barra común de algún "boliche" (5) perdido de mala muerte.

- "Ud., que toma Don Federico?"
- "solo escocés"
- "Por supuesto Don Federico, en este lugar solo hay escocés, ni bebidas nacionales ni brasileras. Por eso lo traje a este lugar"
- "Bueno, si es así, ud., elige"
- "Mozo: dos "etiquetas negras" para este señor y un servidor" dijo Daniel sintiéndose protagonista de la situación y provocando la sonrisa del mozo que sabía muy bien que en condiciones normales el "Chino" no podia ser parroquiano de aquel respetado restaurante.
- "Sr. Mozo – interviene Federico – que "picada" nos puede preparar para acompañar el trago?"
- "Lo que ud., quiera patrón, aquí hay de todo: chorizos, morcillas, chinchulines, mollejas, pamplonas, salchichas, queso parrillero etc."
- "Entonces preparenos un mix de todo lo que tenga para dos hambrientos parroquianos" No era el hambre que preocupaba a Federico, sino era la fidelidad a los consejos de su padre: hacer base para defender la "inmunidad alcohólica"
- "Don Federico, no le diga Sr. Mozo, con decirle Mozo esta bien, no le de mucha importancia a esta gente que son tan atorrantes (6) o mas que yo – esta afirmación del Chino produce un silencio que es corregido rapidamente por el mismo – bueno lo de atorrante es un decir"

No quitándole importancia a esa expresión del Chino, Federico continuó reflexionando

- "Lo dijo Ud., no le dije yo, después de un tiempo de tratarlo a ud., le voy a confirmar si es un atorrante o no"

Se lo dijo muy en serio pero el Chino se lo tomó como una broma y eso originó una espontánea risa en ambos que fue interrumpida por el mozo

- "señor la picada, va a demorar un ratito, le voy trayendo los whiskeys?"
- "traígalos, si señor" respondió un cada vez mas en confianza Federico

Federico ya no era el somnoliento que había bajado del bus hacía unas horas, y con su cuerpo desalineado por su sueño incómodo, ya había descansado y se sentía distinto.

Se había dado cuenta de que su compañero de ruta tenia sed y eso no fallaba en las reglas de la inmunidad alacohólica.

Cuando el mozo por fin trajo la picada, el Chino Daniel solo tenía tres esqueletos de cubitos de hielo y nada del codiciado líquido ambar y Federico tenía el vaso practicamente intacto, solo había mojado sus labios.

- "Pero compañero – dijo Federico – voy a tener que pagar "la vuelta" (7) por que ya no le queda nada"
- "No hay problema patrón aquí no tiene que pagar nada, tengo crédito de por vida"
- "De ninguna manera, entre dos las cuentas se pagan a medias y si uno no tiene el otro lo ayuda"
- "no es mi caso" contestó apresurado el Chino dejando entender que todavía él era dueno de la situación
- "entonces que venga la vuelta" agregó Federico para no quedarse atras.

El vaso de Federico con la vuelta quedó convertido en un "farol" (8) pero además seguía con su ritual de hacer base con la sabrosa picada que estaban degustando junto con la bebida.

El mismo dueño del lugar se acercó a la mesa y tranzó las diferencias entre los dos de quién pagaba la vuelta por que él ofreció la vuelta como bienvenida al que sería el gerente de la nueva tienda de Free Shop de la zona.

- "tengo entendido que va a ser la tienda mas grande y la mejor de toda la frontera, que se va a poder encontrar de todo lo que uno quiera comprar, que van a estar las mejores marcas de perfumes, bebidas, ropa, en fin de todo, es cierto?" preguntó el dueño del restaurant.
- "ese es nuestro único objetivo, ser los mejores "respondió Federico

Después de despedirse del buen anfitrión que había resultado el dueño y comprometiéndose Federico de que cuando los visitaran ejecutivos de proveedores de la capital o incluso extranjeros, aquel restaurante sería el punto de encuentro, los dos se dirigieron rápidamente a donde estaba comenzando la apertura de la exposición de productos tan esperada de la zona. Era la primera que se realizaba en casi diez años y eso había reunido a una cantidad de personas que incluso venian de pueblos vecinos de ambos países.

Los dos entraron al predio de la exposición después de abonar la suma simbólica de un dólar que era una donación al hospital de niños de la ciudad y se dirigieron directamente al mostrador donde se expedían las bebidas alcohólicas.

De lejos se podían apreciar una serie de chicas promotoras que ayudaban a servir a los visitantes que se acercaban a saborear las bebidas, pero en especial se distinguían dos chicas una rubia y una morena.

Al llegar al mostrador el Chino ensaya una jugada

- "sr. Federico, la rubia es mi hija"
- "lo felicito, es muy bonita"
- "Pero, la morena esta solita, que tal eh?"
- "no se preocupe, que por mi no hay cuidado, soy casado y además no juego con niñas que todavía se orinan en la cama. Pero déjeme decirle que ya lo voy conociendo. Ud., regala la fruta del cajón del vecino y cuida la propia cuando la tiene bien vendida"
- "por que me dice eso?, no lo entiendo" dijo el Chino sorprendido
- "Por que su hija debe tener algún novio o pretendiente que a Ud., le cae muy bien y no quiere que nadie se interponga, en cambio la otra debe ser alguna "ligerita de cascos" (9) y ud., quiere alejarla de su hija por cualquier tentación que se produzca y que este a salvo de cualquier contagio. Es verdad o no lo que le digo?"

Asombrado y con los ojos desorbitados por la veracidad de lo que había terminado de escuchar, Daniel se quedó sin palabras, y lo obligaba a reconocer que ya Federico no era un forastero común y debía verlo con más respeto y recelo.

Lo que había dicho Federico era realmente cierto. La hija del chino Daniel, una encantadora e infartante rubia estaba de novio con un joven ejecutivo de una empresa proveedora de tiendas Free Shops y planeaban casarse para el proximo año. Si bien la otra chica era compañera de trabajo de su hija no era santo de su devoción y cuanto mas entretenida la podía tener era mejor por que aseguraba la inmunidad de su hija.

Conjuntamente con estas chicas promotoras se encontraba el jefe de ellas, un señor que parecía muy atento y que le causo muy buena impresión a Federico.

Después de las presentaciones formales Federico fue considerado como un invitado especial no por sus antecedents por que no eran conocidos pero sí por lo que llegaría a ser en el corto tiempo: el gerente de la tienda Free shop mas grande y mas importante de esa frontera.

- "estimado sr. Federico, espero que entre su tienda y la empresa para la que yo trabajo lleguemos a tener buenas relaciones comerciales y personales también si es posible" atentamente lo recibió el señor de apellido Gonzalez.
- "exactamente esos son mis deseos y no sólo con ud., sino con las demás personas y empresas" devolvió con buena onda Federico
- "Y para augurar esos buenos deseos, he reservado para tomar con ud., un galón de Dewar's 18 años que le parece?"
- "wauuu !!!! le agradezco su deferencia, sin dudas es un muy buen comienzo, espero retribuirle bien pronto, Dios mediante"
- "No se preocupe, habrá tiempo de sobra"

todavía estaba presente el Chino Daniel, aunque se mantenía en silencio por que seguía soprendido por los ya confianzudos movimientos de Federico quién ya se manifestaba sin ningún tipo de reservas.

Justamente el Chino prosiguio en su asombro cuando ya a la segunda vuelta de whisky, Federico se dirigio a González:

- "Estimado sr. González, perdone mi atrevimiento pero sabe el dicho que dice "mas pobre es aquel que no es digno" y sabe yo no puedo tomar mi trago en un vaso de plástico. Sencillamente no es digno"
- "Pero estimado sr. Federico no ha pedido nada, tiene ud., razón, una persona como ud., no puede ni debe tomar un trago en vaso de plastico. Lo que sucede que con tanta gente que ha venido pensamos que era lo mejor, pero no se preocupe que para ud., tengo un vaso de cristal especial"

Daniel ya estaba superado por los acontecimientos, parecía que este señor no era el mismo que había ido a esperar al bus. Él que siempre presumía de su "viveza criolla" como un arma efectiva para seducir a los demás, estaba percibiendo que no sería nada fácil esta conquista con don Federico.

Ya era medianoche, el galón había tocado fondo, el sr. González sentado en un cómodo cajón con muy pocas ganas de retirarse por sus propios medios, el Chino Daniel recostado sobre el mostrador, parecía no ser dueño de ninguna de las pocas palabras que lograba emitir y Federico fresco como una lechuga nueva y fiel a sus costumbres, saboreaba lo que seria el último de los tragos por ese largo día.

- "Sr. González, yo me voy a ir para el hotel y no se que hacer con Daniel por que el me invitó y ahora me da pena que habria que llevarlo y yo no se ni donde vive"
- "No se preocupe sr. Federico, cuando me vengan a buscar a mi, yo me encargo de dejarlo en la casa, vaya tranquilo a descansar" contestó siempre amable el atento anfitrión
- "Aprovechando su amabilidad, le voy a preguntar algo, yo hace unos cuantos años que no vengo a esta ciudad, pero me gustaría saber - y acercándose a su oído como confesándose, para que ninguno de los curiosos que todavía estaban en la feria sintieran – existe todavía el cabaret "Dos fronteiras"
- "Nooo ya no existe más, pero se ve que era muy famoso por que todo forastero que viene, pregunta por ese lugar. Ud., tuvo algo que ver con ese negocio? Le pregunto esto por que es un lugar que esta rodeado de tanta leyenda, que he oído cualquier clase de historias al respecto"
- "No, en absoluto, era muy amigo de la primera dueña que tuvo ese local, pero después creo que vendió el negocio"
- "Ud., debe estar hablando de una tal Marcia, que todo los veteranos de por aquí, dicen que era una belleza increible. Esa señora sentí que se murió hace como tres o cuatro años. Vivía en un pueblo por la ruta, del lado brasilero. Estaba muy viejita, yo no llegué a conocerla"

Esto último escuchado le produjo un escalofrío en su cuerpo, de tal manera que resolvió salir rápidamente rumbo al hotel sin preocuparse en lo mas mínimo por la borrachera del chino Daniel.

El trayecto de la feria hasta el hotel le pareció mas lejos que a la ida, a pesar que lo hizo en menos tiempo, retiró él mismo las llaves de su cuarto de la rrecepción del hotel sin esperar al empleado, subió hasta el tercer piso por la escalera y ya descalzo aunque vestido dejo desparramar todo su gran cuerpo sobre la cama y comenzó a recordar una de las historias en ese pueblo que ahora estaba y de la cual él fue protagonista:

- !! *Pobre Negro Miguel* !! - *pensaba esbozando una sonrisa* - *estuvo casi un año sin dirigirme la palabra, Yo viajaba a la frontera y lo veía y ni me dirigía la palabra. No aceptaba mis disculpas.*

Éramos muy pero muy amigos y en aquellos tiempos se había incrementado enormemente el intercambio comercial entre Uruguay y Brasil, y tanto el Negro Miguel como yo nos reuníamos en esta ciudad fronteriza, junto con otros muchachos, todos empleados de empresas de transporte o de agentes de aduanas.

Trabajábamos duro durante el día y luego la cita obligada era la telefónica donde se pedía la comunicación para nuestras oficinas en la capital para pasar los informes.

No eran épocas de comunicaciones satelitales, faxes, email o celulares, no, había que pedir la llamada y luego esperar la comunicación que a veces demoraba una o dos horas la conexión.

La puerta de la telefónica era realmente un picnic. Después de hacer el pedido a la atenta y paciente operadora, salíamos a la vereda del local a tomar algunos mates de algún prevenido compañero que lo había llevado.

Cada vez que la señorita operadora, desde su vetusto trono, llamaba por el nombre de la empresa para la cual nosotros trabajáabamos para avisar que se había establecido la comunicación se oía el aplauso de todos nosotros, junto con las felicitaciones para el beneficiado y con el expreso deseo de que no se cortara la comunicación por que sino era comenzar de nuevo el martirio.

Había tal nivel de compañerismo que el que lograba la ansiada comunicación con la capital, después no se iba para el hotel sino que se sumaba nuevamente a la rueda en espera de que todos hubieran hablado y así al final regresabamos en manifestación al hotel.

Por la noche no quedaba otra alternativa que ir a los cabarets del lado brasilero, donde después de tomar algunas caipirinas nos mezclábamos con los aromas de baratos perfumes brasileros de alguna garota (10) que muchas veces nos vendía su cariño con la esperanza de un intercambio interesante que la ayudara a subsistir en el día a día.

Una noche como tantas otras habíamos llegado alrededor de las once de la noche al "Dois Fronteiras" que era el cabaret mas prestigioso de la zona. Las mejores garotas estaban ahí.

La dueña del local era Marcia Santos, una morena "gauya" (11) nacida en un pueblito llamado "Alto Alegre" justo en la ruta que une la ciudad de Pelotas con Bage en el estado de Rio Grande do Sul en Brasil, recorrido obligado de camioneros sin rumbo fijo que vagabundeaban en busca de carga por la zona.

Justamente escapando de los malos tratos de su padrastro, le había prometido a un apuesto y joven camionero su sexo virgen a cambio de una nueva vida.

Soñaba con llegar a la gran ciudad como tantas jóvenes del pueblo pero la realidad fue otra y con solo diez y siete añitos recaló en un burdel de la frontera hasta que conoció a su eterno protector. Don Jorge Armendoiz, caballero mayor que ella diez años y que al verla en una noche de festejos en el burdel fronterizo quedó tan impresionado con esa niña que en la primera noche de lujuria y embriagado de bebida y amor le pidió matrimonio en la intimidad.

El estar borracho no exime de responsabilidad, la que debía tener él en éste preciso momento por que hacía un mes que se había comprometido con la que sería su mujer unos meses después de este encuentro: Doña Isabel hija del hacendado mas grande de la región y para quien durante toda la vida habian trabajado sus padres: Dona Antonia y Don Vicente.

Ya cuando los efectos del alcohol no formaban parte de su cuerpo, recapacitó y se dio cuenta que no tenia elección posible entre el bienestar futuro y permanente o una humillación segura de sus padres, y como estaba todo previsto contrajo nupcias con la soltera mas cotizada de toda la región, y de ahí en mas Marcia se transformó en su eterna amante, papel que aceptó estoícamente para toda su vida.

Ya habían pasado algunos años cuando Federico conoció a Marcia, una mujer cercana a los cicuenta años, pero con un cuerpo espectacular que a pesar de los años no distaba mucho del original que había enloquecido a don Jorge Armendoiz, y al cual seguía perteneciendo en cuerpo y alma. Éste con los años ya tenía mas prestigio que su suegro en la comarca y además de hacendado se desempeñaba como el gran contrabandista de frontera lo que le habia permitido amasar una fortuna.

Esa noche al entrar Federico y sus amigos al "Dois Fronteiras", fueron como siempre recibidos por la escultural Marcia que les pidió un favor.

- *"Muchachos, hoy han venido como caidos del cielo, Dios está conmigo, y los necesito mas que nunca"*
- *"Pero que pasá" contestaron todos al unison*
- *"Hoy me tienen que ayudar uds., que son mis amigos. Sucede que tengo a la venta al cabaret y hoy vienen los probables interesados y necesito que se interesen mas aun de lo que están, para negociar un buen precio, entonces necesito mucha gente, mucha bulla, hoy he traido las mejores chicas de los pueblos vecinos, quiero que hoy sea la mejor noche del "Dois Fronteiras", quiero que uds., se diviertan como nunca, que la pasen bien para que pueda demostrar que este cabaret no solo aparenta ser el mejor de la frontera sino que en realidad lo es. Me van a ayudar?"*
- *"pero por supuesto" lideró la respuesta Federico*

Habiéndose quedado solos en la cocina del establecimiento, Federico y Marcia, ella le contó que se sentía cansada del cabaret y que consideraba que era hora de retirarse. Don Jorge le había comprado una casa a las afueras de la ciudad, tal cual como ella la había soñado desde pequeña.

- *"Que más puedo pedir?" le dijo a Federico mientras le servía un escocés que guardaba muy celosamente en el viejo armario de madera labrada de la cocina.*

En ese momento una extraña sensación emergió de la mente de Federico, sentía que se le escapaba la concresión de una vieja fantasía, tomó un largo sorbo de la espirituosa bebida, tragó, y al mismo tiempo se dio cuenta que no podía dejar pasar esa oportunidad y ahogó el fuego del alcohol en un beso a Marcia tan deseado y fuerte que no la dejaba respirar.

El control del tiempo no suele ser lo interesante en estos momentos y menos cuando no se ofrece resistencia y a la sorpresa inicial de Marcia, despertoó en ella un deseo reprimido hasta el momento por distintas circunstancias y de esa manera corrrespondió de la misma manera a los deseos de Federico.

El beso y las caricias iniciales dieron paso a una passion desenfrenada que cuando quisieron darse cuenta se encontraban en un cuarto privado descubriendo sus cuerpos y haciendolos felices.

No sentían nada mas que el sonido que originaba sus respiraciones, no les afectaba el ruido del salón de una fiesta que ya había comenzado

Siempre que el deseo es correspondido con la realidad la felicidad es completa y asi sucedió.

El cuerpo de Marcia era fuego, su boca un placer insaciable. Lo mismo le pasaba a Federico. Ambos se serenaron al tiempo para hacer aquel momento tan eterno como frágil.

Al comenzar a desvestirla, Federico se dio cuenta que todo lo que aquel cuerpo insinuaba era una increible realidad. La mezcla de los perfumes de ambos transformaban todo en un ambiente afrodisíaco.

Sus senos ergidos y sus pezones a punto de explotar eran besados tiernamente por Federico con passion y al mismo tiempo con respeto por tratarse de una mujer que siempre había soñado que fuera suya. Sus gemidos de placer y erotismo terminaban por enloquecerlo y en ese lenguaje erótico y sensual que sólo entienden los protagonistas de ese momento Marcia le insinuaba a Federico que ese instante fuera eterno.

De esa manera y en forma paradogica por el ambiente existente los movimientos se transformaron en lentos y sincronizados.

Recorríian sus cuerpos besándose y haciendo realidad todo lo que habia sido fantasia hasta ese momento.

Federico descubrió su sexo ardiente y sensible pronto para recibirlo, sin límites

- *"Federico, quiero que hoy seas solo mío, entrégate sólo a mí sera nuestra única y última noche" fue la única restricción que se dejó escuchar de una voz temblorosa de la reina de la noche*

Los dos cuerpos se fundieron en uno solo, se amoldaron de tal manera que no existiría posibilidad alguna de separarlos, sus movimientos eran armónicos y perfectos y al mismo tiempo con mayor intensidad y entrega.

Si el placer verdadero fuera mensurable y pudiéramos asegurar que es una ráfaga y no eterno, diríamos que aquí hubo amor. Generaba reacciones en cadena que se enriquecía con besos, caricias, gemidos, sollozos y palabras sin sentido por que ambos se deseaban, hasta que el momento culminante llegó a su tiempo, con esa sensación que siempre tienen estos momentos, que parece ser tan efímero como eterno.

La imágen tantas veces repetidas de dos amantes tendidos en la cama después del placer los invita a dialogar:

- *"Me dejaste sin respiración, nunca en mi vida pensé que pasara esto, pero no me arrepiento, por que fue algo hermoso — dijo Marcia, agregando — Pero te pido que no me confundas. Yo se lo que soy y lo que he sido toda mi vida, pero hoy me he entregado en cuerpo y alma y te lo agradezco por me ha hecho muy bien"*
- *"Marcia, yo ....."*
- *"no digas nada, solo espero que tu también lo hayas disfrutado tanto como yo, aunque te aseguro que mas que yo imposible y después nada más, que sea un hermoso recuerdo para ambos" concluyó Marcia mientras con su mano derecha tapaba la boca de Federico. Cuando retiró su mano le dio un dulce beso y le ordenó: "vamos al salón que se deben estar preguntando donde estamos"*
- *"Pero antes de ir al salón quiero que me digas si de verdad me pediste que hoy sólo estuviera contigo o fue sólo un pensamiento originado en el climax que habíamos logrado"*
- *"No, es un deseo real, quiero que mi fantasía se cumpla totalmente y esa es una condición, tener la seguridad que un dia en la vida un hombre fue para mi sola, lo vas a cumplir?"*
- *"No tengas dudas, si eso te hace feliz, asi será"*
- *"Gracias, sos un gran chico"*

De regreso al salón del cabaret todo era una fiesta, parecía que el propósito de Marcia se estaba cumpliendo a la perfección.

En eso Federico visualiza al "Negro" Miguel que ya con unas cuantas caipirinas en su haber, bailaba arriba de una mesa acompañado por una escultural garota.

Por la mañana el Negro había comprado a su mujer – a la que él cariñosamente la llamaba "mi gorda" – un grabador a cinta de cassette.

Tenía dimensiones de ultima generación para aquella época, no era mas grande que una caja de zapatos regular, y contaba con un micrófono para grabar como complemento del mismo y que se conectaba al aparato en el momento de usarlo. Mas revolucionario era por que además se podía usar en forma portátil por que contaba con baterías, que si bien no tenían larga duración igual era una novedad.

Cuando Federico se acerca a la mesa donde el Negro demostraba sus habilidades para bailar danzas regionales "gauyas" sobre la mesa, se da cuenta que en una mesa vecina se encontraba el grabador pronto para ser usado incluso con un cassette que venía de obsequio con la compra y no se le ocurrió mejor idea que "entrevistar" al bailarín mas famoso de la noche: El negro Miguel.

-   *"Negrito querido, cuéntele a la audiencia que esta hacienoa en este preciso momento en el famoso y prestigioso cabaret "Dos Fronteiras" el mejor de la región?"*
-   *El humo y el ambiente existente impidieron el uso de todos los sentidos de Miguel que se apresuró en responder: "aquí estoy con esta preciosura de garota, bailando para después...."*
-   *"Después que?" contestan a coro todos sus amigos*
-   *"después espero visitar alguna galaxia de placer con esta niña" declara el Negro haciendo gala de su sentido poetico*

Esta respuesta llevo a Federico a otra pregunta que sin darse cuenta y dadas las consecuencas posteriores se transformó en una verdadera imprudencia.

-   *"Ud. Se imagina que diría "su" gorda si contemplara esta escena?"*
-   *"Mi gorda esta durmiendo a esta hora, ni se acuerda de míí" contestóo el Negro y siguió bailando aunque las espirituosas bebidas acumuladas en toda la noche la única galaxia que visitó, fue la cama del hotel donde se alojaba, donde durmió plácidamente abrazado a su grabador*

Al otro día regresó a la capital y el muy desprevenido al llegar a su casa lo primero que hace es entregarle el regalo a su mujer. Lo primero que hace esta buena señora es prender el aparato y vaya sorpresa cuando comienza a escuchar todo lo que le había grabado su amigo del alma Federico a su esposo.

Lo que demoro esta buena señora en reaccionar, tirar el grabador, mas la ropa del pobre Miguel a la calle no paso de diez segundos.

Tuvo que intervenir posteriormente el dueño de la empresa donde trabajaba Miguel para hacerle comprender a la señora que debia cambiar de actitud, que todo habia sido una broma de mal gusto pero broma al fin y con la promesa adjunta de que de ahora en mas no se separaría mas de su esposo por que la compañía inauguraria en poco tiempo una oficina en la frontera, debido a la intensificación de trabajo en esa zona, y toda la familia junta se iría a vivir a dicha ciudad a una casa bien bonita y que ella misma la iba a poder elegir.

Cuando Federico y Miguel recuperamos la amistad prometieron no recordar mas este suceso

De Marcia, ni rastro nunca mas supo de ella, nunca mas fue lo mismo "Dois Fronteiras" sin ella.

Hoy Federico había comenzado un primer día nuevamente en la frontera, como tantos años atras, lleno de incognitas por que su vida futura estaba plagada de interrogantes, pero los mas duro del dia fue haberse enterado que aquella Hermosa mujer que le habia regalado una noche inolvidable habia muerto.

Si el recuerdo es una oración, seguro que Dios lo habia escuchado.

Con esos recuerdos Federico quedó completamente dormido hasta el otro día. Ya eran las tres de la mañana

Capítulo 2

Federico y su realidad

Como llegó Federico a este pueblo y en que circunstancias . Esta es la verdadera historia.

Había sabido tener un status económico favorable – de ahí sus "buenos trapos" que había visualizado el chino Daniel,

Supo tener su propio negocio pero los vaivenes económicos-comerciales coyunturales de su pequeño país más errores propios cometidos en su momento originados por su inexperiencia obligaron al cierre del mismo

Al verse obligado a despedir a sus empleados, más el abandono de sus socios, la persecución de acreedores y de la oficina recaudadora de impuestos no tuvo mas remedio que dar por terminada su actividad empresarial.

El desencanto era total, pero no se dejo doblegar, tenia presente una de las tantas frases celebres de su papa: "caerse esta permitido, levantarse es una obligación" y comenzó a enviar su curriculum a muchas empresas de su pais y del exterior.

Si bien la situación llegó a ser desesperante, él se las arreglaba para llegar a su casa siempre con una sonrisa, con un positivismo que muchas veces hasta a él mismo lo impresionaba.

Muchas veces no tenía nada para hacer fuera de su casa pero igual salía temprano de su casa, caminaba todo el día hasta que regresaba por la tarde a su casa, para que nadie desconfiara de su real situación..

-   "Dios proveerá y ya me saldrá algo y me reiré de toda esta situación" esa era su frase favorita.

24

El drama era cuando regresaba a su casa y la pregunta inevitable de su cada vez mas impaciente mujer no se hacia esperar:

- "Tuviste alguna novedad?"

Un día se interrumpió esta rutina

- "Hay un señor que se llama Martin Beloquio que dejó un número telefónico y ya te llamó cuatro veces, tiene urgencia en hablar contigo. Es alguien que le debes dinero? quien es? - lo cuestionó su mujer.
- "no mujer, no le debo dinero, por que todas las personas que llaman a esta casa tiene que ser por que les deba dinero? Acaso no tengo gente que me conoce? Acaso soy un delincuente que me estoy escondiendo? siempre he dado la cara, todos saben donde vivo – contestó Federico un poco alterado por el recibimiento de su mujer. Estaba cansado de su persistencia en el mal trato hacia él.
- "Está bien, dejemos ese tema, pero contestame al menos quien es esta persona"
- "Este senor pertenece a un grupo economico que financiaban a uno de mis clientes. Lo que se llama comunmente un grupo financista"
- "que es un grupo financista, como trabaja con las empresas?"
- "En este caso en particular, sucedió que la empresa que era cliente mío había crecido bastante rápido y necesitaban lo que se llama en economia un "oxígeno" financiero, dicho de otra manera necesitaban capital, que los bancos no se lo prestaban . Lo que hacen algunas de estas personas que prestan ese dinero, de hecho, se incorporan a la empresa que recibe el dinero ya sea por alguien de ellos mismos o nombran a un auditor o persona de confianza para que se aseguren de que el capital es bien usado y además cuando comienza a entrar dinero a la compañia, ellos son los primeros, obviamente en recuperar el dinero prestado"
- "Ya entendí tu explicación pero lo que no entiendo es por que te esta buscanco tan insistentemente"
- "Bueno, él siempre me decía que si yo tenía algún negocio que fuera bueno y que fuera viable, que se lo hiciera saber, que quizás pudiera interesarle por que el tenia capital ocioso para invertir. Pero sucede que este tipo de personas generan en mi, desconfianza. Generalmente no entienden mucho del manejo de los negocios, estan dispuesto a invertir dinero pero quieren resultados en el corto tiempo y eso en el mundo de los negocios

es casi imposible y por lo tanto hoy te ayudan y si mañana su inversión no obtiene las espectativas generadas te quitan el apoyo financiero y se acaba el negocio. Tambien lo llaman "capitales golondrinas", hoy por aqui mañana por alla, pero el miedo mayor que siempre tengo de estos inversores que no se cual es el origen de esos capitales, siempre pienso que puede ser del narcotráfico o de otros origenes dudosos y que eso genere un problema para mi y mi familia"

- "Pero es que estamos en la ruina, no es el preciso momento que debas ponerte a pensar sobre eso" replicó su esposa
- "esta bien, lo voy a llamar, pero por favor dejame al menos cambiarme de ropa"

Ya desprovisto de su uniforme de empresario guardado en el closset se decide llamar al mencionado Martin Beloquio al número que su mujer le facilita

- "Este teléfono es de Punta del Este, bueno es de esperar que un rico como él viva en ese paraiso. La característica es cero...cuatro...dos y el número es entonces seis.... Nueve....tres... tres otra vez..... cuatro..... nueve .... Ocho

Suena una.... Dos y a la tercera responden

- "Hola, buenas noches, con quien desea hablar?"
- "Desearía hablar con el Sr. Beloquio"
- "Beloquio padre o alguno de sus hijos?"
- "Supongo que con el padre, yo quisiera hablar con el Sr. Martin Beloquio" - Federico no sabía mucho de la vida de Martín Beloquio, no sabía como estaba formada su familia, podría ser que vivieran junto con su padre en la misma casa. Su figura era una incógnita.
- "No estoy segura si el sr. Beloquio está en la casa, déjeme consultar. Quién lo busca? Cual es su nombre? "dijo una entrenada empleada que no olvidaba su diplomática utilización del protocolo – nunca dar datos a desconocidos.
- "Habla el sr. Federico Miraballes"

Martín Beloquio con su distinguida prestancia estaba detrás de la empleada prestando atención a la conversación. Pero cuando sintió la repetición de la empleada del apellido Miraballes, inmediatamente le hizo seña de que le pasara la comunicación.

- "cómo le va Federico? estaba perdido? hoy lo llamé una cantidad de veces, en que anda? por que ud., nunca se queda quieto"
- "trato, don Martin, pero esta dificil"
- "no se caiga Federico, ud., es un tipo que no se puede caer"
- "Muchas gracias Sr. Beloquio. Que necesitaba? por que no le puedo creer que me estaba buscando para darme ánimo y motivarme" le respondió por primera vez sonriendo
- "simplemente quisiera reunirme con ud., tomar un café y hablar de negocios, que le parece?"
- "a mi me parece muy bien que se acuerde de mi pero me podrá adelantar algo?"
- "Federico no nos engañemos - le contesta un Beloquio mas suelto, y mostrando ya algunos indicios de soberbia − Ud., está en una situación muy complicada y yo - escúcheme bien lo que le voy a decir − yo lo puedo ayudar a revertir su situación y por eso quiero reunirme con Ud., cuando lo podremos hacer?"
- "Cuando ud., quiera" le contesta Federico esperanzado en una Buena oferta
- "que le parece mañana sábado que es un día tranquilo para mí, alrededor de las once, en mi oficina, es en el centro en la Plaza Libertad, muy cerca de su casa"
- "ok. Ahi estaré"
- "Le aclaro una cosa, yo voy a estar acompañado con mis dos socios, yo ya les hablé de Ud."
- "Por mi no existe ningún problema"
- "Lo único que le pido que sea puntual"
- "a las once en punto estaré allí, hasta manana"
- "hasta mañana Federico"

Por la cara de Federico cuando terminó la conversación telefónica, su esposa presumía que la misma habia sido fructuosa

- "Cómo te fue? Que queria? Te llamó para algo de futuro?"
- "sí mujer, quedate tranquila, parece que es algo bueno, pero no hasta que no me reuna con él no se nada más, no quiso adelantarme nada. Mañana nos reuniremos en su oficina aquí en el centro, en la Plaza Libertad"

- "Yo te diría que presiento algo grande y bueno, vamos a brindar, tengo una vieja botella de cava española guardada en la nevera desde hace tiempo y creo que es el momento de abrirla. Que dices tú?"
- "lo único que yo deseo es poder reirme de esta situación en un corto tiempo, y pensar que todo esto fue una pesadilla"

A las diez y cuarenta y cinco minutos del día siguiente Federico se encontraba en la puerta de la oficina esperando por Beloquio y sus socios. Ya había constatado que no había nadie en la oficina golpeando su puerta sin respuesta.

A las once en punto apareció Martín Beloquio acompañado por sus socios que fueron inmediatamete presentados: Marcelo Santos y Julio Sanpietro

- "Federico quizás esto le parezca muy alocado pero estamos deseosos de hacer negocios y yo estoy convencido que ud., es la persona clave para hacerlos, así de simple"

Federico no salía de su asombro, era algo dificil de entender

- "Perdóneme sr. Beloquio pero estoy un poco confundido. Ayer cuando hablé por teléfono ud., me dijo que sabiá de mi situación, que es realmente mala y bueno no es una novedad, ud., se fija en mí para hacer negocios, como si yo tuviera la llave para hacerlos"
- "y la tiene Federico, le aseguro que la tiene. Ud., siempre tuvo negocios en la Zona Franca que eran exclusivamente suyos, que yo siempre supe que ud., no los compartía con sus socios y sabe una cosa eso era muy inteligente por que ahora se lo puedo decir, sus socios no estaban a la altura de ud. Es verdad esto o no?"
- "si........ es verdad – contestó un sorprendido Federico – En este momento sería el único tipo de negocios que pudiera desarrollar pero cada vez se me ha hecho mas dificil por que al no tener capital de giro, dependo de terceros y de esa manera se me reduce las ganancias y eso me desestimula. Tengo el know how de las operaciones, consigo mercadería exclusiva para revender al exterior pero es muy poco lo que recobro de dinero por mi esfuerzo"

Interviene Marcelo Santos

- "Ud. Quizás no se de cuenta pero ud., mismo nos esta contando su drama y nosotros estamos oyéndolo y tenemos solución a todo eso"

- "Exactamente - complementa Sanpietro – De ahora en mas ud., podrá concretar los negocios por que tendrá dinero cash que nosotros le proveeremos y aumentará de esa manera la rentabilidad en los negocios"
- "esa rentabilidad la divideremos de la siguiente manera un veinte por ciento para ud., y un ochenta por ciento para nosotros - acotó Beloquio- que le parece?"
- "Me parece excelente sólo que ...."
- "Que dudas tiene Federico? que más puede pedir? – tomó la palabra un poco en forma agresiva Beloquio ante las inseguridades de Federico – de la noche a la mañana tiene oficina por que ud., puede usar esta oficina, o puede trabajar desde su casa, tiene capital de giro, que no tenía, nadie va a saber si ese dinero es suyo o no, por que a nadie le importa, pero sin duda ud., ahora va a tener un respaldo financiero que nunca tuvo. Nosotros tres vamos a ser su respaldo y le puedo asegurar que tenemos nuestras influencias y de las pesadas, podría decirse que ud., va a integrar nuestro grupo y eso le debería dar una tranquilidad que ahora no la tiene. Federico tiene la solución en sus manos, no la desaproveche. Recuerde lo que siempre le he dicho cuando he tenido oportunidad: "El dinero lo es todo, sin dinero no se hace nada" ud., debería de dejar de ser tan idealista. Ud., tiene una familia y con ideas lindas no le va a dar de comer, no les va a dar estudios a sus hijos. No desperdicie esta posibilidad, ud., tiene la combinación para hacer negocios y nosotros tenemos el dinero para concretarlo. Es lo ideal"
- "Estoy de acuerdo con ud., pero lo que yo pretendía decirle es que el presentarme así esta posibilidad me toma de sorpresa. Yo practicamente no tengo un gran conocimiento de ud., como persona y supongo que a uds., le pasará conmigo lo mismo, y mi sorpresa mayor es que uds., hayan depositado en mí tal confianza
- "Mire Federico, voy a ser sincero con ud., nosotros tres compartimos origenes comunes en todo sentido, somos amigos desde nuestra infancia y a lo largo de toda nuestra vida, inclusive hemos hecho negocios juntos, hemos roto ese mito de que negocios entre amigos no se pueden hacer. Estos negocios que hemos hecho en forma exitosa, los hemos realizados para terceras personas y ahora estamos convencidos que nosotros podemos hacer lo mismo y ud., ser nuestro interlocutor. Es decir que ahora nosotros lo estaremos apoyando, seremos su sostén económico y financiero y ud., sería la cabeza visible de este grupo sin necesidad de que nosotros aparezcamos para nada. Para nosotros también es una responsabilidad, por que como ud., dice bien y le agradecemos su

sinceridad y honestidad, nosotros a ud., tampoco lo conocemos pero yo creo no equivocarme con ud., y le ofrecemos esta posibilidad"

- "Bueno, me deja mas tranquilo por que como dice el dicho – hablando la gente se entiende – y eso es lo que esperaba que uds., impusieran alguna condición por que nada es gratis en la vida"
- "Yo también comienzo a entender, a ud., lo que le asusta es - a cambio de que? – viene esta posibilidad que le ofrecemos y bueno ya le hemos aclarado lo que pretendemos en primer lugar y es negocios que ud., pueda generar o conseguir – no deseche ninguno, planteenos todos, hasta el mas descabellado que le parezca – y todo a cambio de nosotros permanecer al margen, o dicho de otra manera en el anonimato. Habrá obviamente algunas cosas secundarias que son importantes muchas veces para el mantenimiento de este tipo de relaciones"
- "Para mí serán todas importantes y lo más importante será hablarlas antes de emprender cualquier acción" expresó Federico ya un poco mas distendido

A pesar de que podía Federico sentirse en inferioridad numérica, se sentía bien cómodo por que inconcientemente había llevado al grupo de Beloquio, Santos y Sampietro al terreno del que mas se sentía cómodo. El de sincerarse completamente. Se sentía como en casa por que no vendería su patrimonio – el ser honesto – por perder la dignidad. Sentía que asumía los valores que le habian traspasado sus padres

Beloquio tomo la palabra como lo había hecho desde el inicio sin dejar muchas oportunidades a sus socios de hacerlo

- "quizás le parezca algo soberbio lo que le diga pero es que yo no nací para trabajar - no era que pareciera lo era realmente y esta será la clave de todo lo que sucedería en el futuro – y es por eso que prefiero pagar para que otra persona lo haga por mí. Mis amigos piensan lo mismo pero son mas reservados y no lo dicen. No se sienta mal por esto que le diga pero la vida es asi y ud., lo podra comprobar"
- "puede ser" contestó Federico esbozando una sonrisa e interrumpiendo un monólogo de Beloquio que sólo se contraponía a un silencio que subía desde la calle de una mañana sabatina de una ciudad que aun dormía.
- "Entonces permitame algunos consejos . Una cosa muy importante es algo que a mí personalmente me gusta de ud., sabe a que me refiero?"
- "no, me gustaría que me lo aclarara"

- "es su bajo perfil, y así debe mantenerse, poca bulla, en los negocios y en su vida personal. El hecho de que tenga acceso a manejar dinero de ahora en adelante, no le da motivo alguno a que cambie su rutina de vida. Recuerde, el dinero no es suyo, lo único suyo es su trabajo que aporta al grupo y por eso será bien recompensado pero nada mas"
- "No se preocupe por eso tengo experiencia en cuidar y administrar dinero ajeno"
- "lo se perfectamente Federico, y es por eso que ud., hoy está sentado junto a nosotros"
- "otra cosa es ejercer una lealtad mutua entre ud., y nosotros. Eso es de vital importancia, todo lo hablaremos entre todos, tenemos que ser un grupo bien compacto"
- "No conozco otra manera de trabajar que no sea en equipo. Así será, quedese tranquilo"
- "Además hay otras cosas ya mas desde el punto de vista personal, pero que no dejan de ser muy importantes para nosotros. En primer lugar son nuestras familias. Nuestras familias no están al tanto de muchos de nuestros negocios o sea que un tema importantisimo es la discreción, sólo debe hablar con nosotros y nunca llamar a nuestras casas, sólo nos comunicaremos por cellular. OK? Le reitero que esto es muy importante para nosotros"
- "Entendido"
- "Otro tema urticante para nosotros es que tanto Jorge como yo tenemos nuestas secretarias particulares, que nos realizan diferentes trámites particulares, tienen información de nuestras cuentas, están al tanto de algunos de nuestros negocios por que incluso nos han ayudado a concretar algunos de ellos y son de nuestra mayor confianza y lealtad. Es mas ud., debe saber que ellas no le darán ninguna información a ud., que no sea con nuestra autorización. Como ud., se dará cuenta hoy por hoy sería imposible explicar esta situación a nuestras familias sin provocar un problema que ninguno deseamos por eso le reitero lo que le dije hace un rato, es muy importante la discreción."

El único que no participa en este enriedo es Marcelo, - sonríe Beloquio así que podrá compartir con él algunas experiencias que le ha tocado vivir por estas circunstancias. Estas palabras provocan la intervención de Marcelo

"Federico, bienvenido al club, ya no voy a estar solo en esta incoherencia"

- "Como verá esto es lo único en lo que no participa Marcelo – añadió Beloquio, y continuó diciendo – Federico, de ahora en mas ud., podrá usar esta oficina y se nos ocurrió una idea para comenzar a blanquear esta situación, a ver que le parece a ud.: nuestras secretarias podrían venir a trabajar a esta oficina con ud., y nosotros argumentamos que eran empleadas suyas anteriormente y que ud., nos pidió de emplearlas para el Nuevo proyecto, que tal?, no es una excelente idea?"
- El que contestó primero fue justamente Marcelo quien acotó en forma sarcástica "Federico, es la única opción que tiene, cuando Martín Beloquio tiene una idea, es la mejor del mundo"
- "Ok., entonces me adhiero, parece ser una idea brillante" contestó irónicamente Federico.

Quedó sellado un pacto de caballeros, que allanaba varios caminos y que ayudaba a vislumbrar dos "bandos" bien identificados, por un lado Beloquio y Jorge Sampietro y por otro lado Federico y Marcelo Santos con quién después de esta intervención surgieron otros temas ya mas familiares entre ellos dos, como la edad, Marcelo ya pisando los cincuenta y cinco, esperando su primer nieto, lo que llevó a pensar a Federico que tendría un aliado en todo este grupo

Posteriormente tanto Marcelo como Jorge se excusaron que debían irse por diferentes compromisos y Federico quedó solo con Beloquio.

- "que le parecieron mis socios?" pregunto Beloquio
- "Parece gente de negocios y ud., sabe negocios solo se hacen con gente que este en el tema" replicó Federico.
- "Le voy a confesar algo, yo le pedí a ellos que una vez le explicáramos a ud., todas nuestras condiciones, ellos se retiraran porque tengo necesidad de hablar con ud., de un tema muy importante"
- "quedaba algo más?"
- "Sí – enfatizó Beloquio – Federico, nosotros necesitamos que ud., este ciento por ciento con nuestro proyecto y yo se que ud., tiene deudas y eso no lo va a dejar pensar tranquilo como nosotros lo necesitamos. Le puedo hacer una pregunta?"
- "Pues claro, sí"
- "Cuanto debe y a quien le debe?"
- "Lo más grande que tengo es mi atraso con los impuestos y con la Seguridad Social, eso es lo que me tiene mas preocupado por que podría

refinanciar, hay planes para hacerlo pero al no tener un trabajo fijo no puedo comprometerme a nada"

- "Pero tiene idea de que importe estamos hablando"
- "Justamente el lunes tengo una reunión con mi contador"
- "bueno hombre todo se puede arreglar, hable con el contador y el martes nos reunimos, quien le dice que no se pueda solucionar. Todo se arregla en la vida – Federico – y más con dinero"

El dia lunes yo estoy viajando a Buenos Aires y regreso a última hora de la noche, le pido que se encargue de todo lo que necesitamos para abrir una nueva compañia, consiga un contador, vaya a un banco que ud., trabaje, que lo conozcan a ud., recuerde siempre que ud., va a ser la imagen de la compañía. Yo tengo cuenta en el Citibank pero me gustaría que fuera un banco que ud., le tenga confianza"

- "Perdón ud., mencionó de conseguir un contador, ud., o sus socios no tienen ningún contador con tantos negocios que tienen?"
- "Federico, tenemos cientos pero le reitero, no quiero poner a nadie que tenga relación conmigo. Su contador no es de confianza?"
- "sí, otalmente"
- "Contrátelo, pídale que sus honorarios sean acordes a las circunstancias por que recién estamos comenzando"
- "O.K. así lo hare, lo único que quiero aclararle algo antes de que yo hable con mi contador"
- "Lo escucho"
- "Mi contador está acostumbrado a la discresión empresarial, de esa manera el no se entera ni de los orígenes ni del desarrollo de mi negocio, el sólo se encarga de los números, pero nada más y así él acepta y respeta esta situación por que Ud., sabe que justamente trabajar en las Zonas Francas nos da cierta tranquilidad para generar servicios y negocios de esa índole"
- "Perfecta esa aclaración. Sin duda estoy en la misma sintonía de lo que ud., piensa. Cada uno se encargará de lo suyo y será responsable de sus actos"
- "Bueno, entonces no tengo otra cosa más que hacer que ponerme a trabajar"
- "Exactamente, esa respuesta me gusta"

Bajaron juntos en el ascensor y se despidieron en el pallier de la planta baja del coqueto edificio. Federico entonces transitó por los ocho blocks que lo llevaban a su casa con un optimismo que se reflejaba hasta en su manera de caminar por la calle.

Una cosa que estaba teniendo bien claro era que en ese grupo habia un líder incuestionable y ese era Beloquio, él manejaba las situaciones y hasta en cierto grado las vidas de sus socios y los otros acompañaban, sin fisuras aparentes.

Al llegar a su apartamento, Federico se congratuló con su mujer por lo sucedido y se dieron un fuerte abrazo, hacía mucho tiempo que eso no ocurría, los reproches habian pasado a ser normales, era todo un reencuentro, no era poca cosa en aquellas circunstancias, pero ninguno sospechaba que lo mayor estaba por venir.

- "El lunes tengo un dia de locos, muchas cosas por hacer, pero es lo que deseo, tener mucha actividad"
- "Me alegro enormemente, no tenés idea de cuanto me alegro" fue la respuesta esperanzadora de su mujer.

Muchas cosas circulaban por la cabeza de Federico, no le comentó nada a su mujer de la probable ayuda económica de Beloquio, ni de la existencia de dos socios desconocidos – ocultar la verdad no es mentir – además pensaba que quizás fuera una promesa en falso de Beloquio y eso lo aterraba. También lo azotaba una tortura sicológica no menor: a cambio de que tantos beneficios? Habría que estudiar todo el conjunto de situaciones con más elementos y hasta el momento contaba con muy pocos.

Beloquio habia insistido en que el y sus socios poseian un capital ocioso y su origen lo ponía un poco nervioso, al mismo tiempo pensaba "y a mi que me importa" pero no era un argumento totalmente convincente, él se conocía y sabía que si alguna vez se tenia que enfrentar a una verdad no deseada, la realidad lo transformaría en cómplice. Era lo menos que quería

El domingo se levantó bien temprano, estaba sumamente excitado pero feliz, estaba en "carrera" no estaba acabado, estaba motivado, recordaba los dichos de su papá, "caerse es un accidente, levantarse es una obligación" . El comienzo de la semana iba a ser movido y se sentía con fuerza para enfrentar el nuevo desafío.

Ya había concertado una reunión a primera hora de la mañana del lunes con su contador parar realizar los cálculos de su deuda y aun mas importante conseguir toda la documentación lista para la nueva empresa que comenzaría a funcionar cuanto antes.

Alrededor de las nueve de la manana del mencionado domingo suena el teléfono y al atender siente la inconfundible voz de Jorge Benitez.

Este señor era un antiguo asesor de una cadena de perfumerías en Argentina llamada "Perfumerías Apowistem" que distribuían importantes líneas de cosmética y perfumería para toda la región del sur de latinoámerica y lo hacían desde la Zona Franca Internacioal.

Esta cadena de perfumería había contratado los servicios de Federico para realizar todas las operaciones de entrada, fraccionamiento y distribución de los productos desde la Zona Franca. Lo había hecho por recomendación de las mismas marcas de perfumería que conocía y confiaban en la experiencia de Federico

Esta cadena se transformaría en el principal sostén económico de Federico en las buenas épocas hasta que lamentablemente esta cadena fue perdiendo por distintos motivos la distribución de todas las marcas mas importantes y eso la llevó a la quiebra y cooperó a la debacle económica de Federico y en la pérdida de la posición de Jorge Benitez.

Cuando comenzó la relación entre la cadena de perfumería y Federico, pareció ser que el trato entre éste y Jorge Benitez no era del todo confiable entre ambos por distintas razones. Federico no conocía mucho el ambiente y tenía inseguridades ante el desafio y por otro lado Benitez sintió perder poder dentro de la cadena pero con el paso del tiempo al descubrir ambos que se necesitaban mutuamente, se fue formando una relación afectuosa que se transformó en una amistad que parecía fuerte y perdurable.

Desde la quiebra de la cadena de perfumería no se habian hablado y ya habian transcurrido como seis meses.

- "Como estas Fede? tanto tiempo"
- "Bien, aunque Bien es un decir, es mas que nada un deseo, estoy en una situación bien dificil, pero confio en Dios y se que no me va a fallar y vos como andás?"
- "No pierdas la esperanza, Fede, ya vas a salir de esta situación Yo tambien estoy parado, y estoy cansado de no hacer nada"
- "Pero Jorge, tu situación es diferente a la mía vos tenés un patrimonio que yo no lo tengo además tus hijos ya están grandes, ya son independientes, yo tengo a mi hijo que es adolescentes y los hijos de mi señora, están jóvenes también y todavía dependen de nosotros"

Jorge Benitez había heredado grandes extensiones de tierras en la Patagonia Argentina que se las rentaba a grandes productores ganaderos que a través de convenios de productividad lograba buenos dividendos económicos que le permitía vivir sin sobresaltos, aunque toda su vida había sido hombre de negocios y además exitoso.

- "Evidentemente es verdad, estamos en situaciones distintas pero lo que pasa que yo extraño el ambiente de la perfumería y supongo que a vos te debe pasar algo similar"
- "Sí, es verdad a mí me pasa lo mismo pero lo que te quiero decir es que vos tenés tiempo, podés esperar, a mi ya se me acabó el tiempo"
- "Pero creo conocerte algo y se que vas a salir adelante y con el tiempo te vas a reir de esta situación. Pero no me preguntas para que te llamé? No tenés curiosidad?"
- "es que me sorprendiste con la llamada, bueno ahora te pregunto, a que se debe tu llamada?"
- "Vos sabés que si surgiera un negocio a la primer persona que llamaria seria a vos, por que vos sos inteligente y siempre tenes buenas ideas, solo te falta capital, pero además vos tenés una peculariedad que no todos tienen y es que siempre estás rodeado de personas que tienen dinero"

Dinero, dinero ..... y siempre dinero. "Sin dinero no se puede hacer nada....." "si no tenés dinero no sos nadie, tenés ideas buenas pero, pero...... y siempre peros" El mismo argumento que habia usado Martín Beloquio.

Esto provocaba en Federico un fastidio indisimulable, por que él se aferraba a su tesis idealista "negocios con dinero los hace cualquiera, hasta un tonto, lo importante es la inteligencia para hacer negocios con o sin dinero. El dinero como viene también se va, la inteligencia es lo que perdura"

- "creí que me llamabas por que hace tiempo que no lo hacias"
- "estas equivocado. Existe una posibilidad de negocio, mejor dicho el negocio esta esperando por nosostros, falta encontrar y lograr el interés de un socio capitalista. Yo no puedo en este momeno, tuve que hacer una serie de reformas en mi casa, además estoy ayudando a mi hija a comprar su casa, pero si no estuviera incursionando en estos gastos me metía con los ojos cerrrados y te traía a vos para que me ayudaras en el negocio"
- "Pero de que estamos hablando, quisiera entenderte, te salió un negocio brillante pero te falta capital y me llamás a mi para ver si logro conseguir

y convencer a alguien que tu negocio es tan bueno que merece que se invierta dinero para ayudarnos a conseguir trabajo"

- "Por favor Fede pensá en positivo, yo te entiendo que estas pasando por malos momentos pero dejame que te explique y tu mismo te vas a entusiasmar mas que yo"
- "Ok., estoy abierto a escuchar, cual es tu brillante negocio?"
- "Un Duty Free Shop"

Federico quedó en silencio recordó las palabras de Beloquio "*negocios que ud. pueda generar o conseguir – no deseche ninguno, planteenos todos, hasta el mas descabellado que le parezca*", además sintió la sensación de estar cerca de poder cumplir uno de sus sueños que era poder formar parte de ese mundo que rodea este tipo de tiendas, al cual habia accedido hace algunos años pero siempre observando el negocio desde afuera, trabajando para proveedores de los mismos pero nunca lo habia hecho "detrás del mostrador", era un sueño que ahora existía al menos una posibilidad. Todo eso le pasó por la mente en estos segundos

- "Hola Fede, me escuchás?" replicó Jorge
- "Sí, por supuesto que te escuché"
- "Y entonces? Que tal el negocio que te propongo? Decime algo por favor"
- "Donde esta ubicado el negocio?"
- "En Ushuaia, Tierra del Fuego"
- "wauuu que te fuiste lejos"
- "Es cierto, pero no pero no por eso deja de ser buen negocio"
- "Pero de cuanto dinero estarias hablando? Como es el regimen o las reglas para estos negocios en esa zona? Vos sabés que cada país tiene sus propias legislaciones al respecto."
- "Tengo todo lo que se necesita, tengo toda la documentación que quieras, pero no es para hablar por teléfono, tenemos que reunirnos y te lo explico bien. Vos tendrías a alguna persona que esté dispuesto a invertir dinero para un negocio de este tipo? Nosotros lo podemos trabajar, tenemos experiencia en esto, pero necesitaríamos de alguna persona que se interesara en un negocio así con estas características"
- "Jorge, no te quiero ilusionar pero creo tener la persona indicada para la ocasión"
- "No me pidas que no me ilusione, ya estoy ilusionado, es a la primera persona que le comento esto y me das esta respuesta. Ya me puse como

loco. Yo solo te puedo decir una cosa Fede, con solo que exista la posibilidad de encontrar a alguien con interés en este negocio, ya me siento motivado por que nos podamos reunir y si yo tengo la oportunidad de explicarle todo, yo te juro que lo convenzo, por que esto es un buen negocio. Creémelo"

De eso no había dudas. Jorge convencía a cualquiera y el mismo tenía su marketing propio que tenía la particularidad de transformarse rápidamente en un informante muy creible.

Federico conocía a Jorge desde hacia un tiempo pero no lo suficiente. Era una persona que en una primera instancia era como un poco desconfiado, sus experiencias comerciales anteriores lo habian transformado en una persona incrédula, a veces hasta parecia un tanto paranoico. Era muy bueno asesorando, y tenía importantes contactos en todos los ambientes que se movía algunos de ellos que incusionaban políticamente.

En algunos temas comerciales diferjan de opiniones, quizás por que habían tenido experiencias anteriores distintas, pero a Federico no le cabía ninguna duda de que en el tema de manejo de este tipo de tiendas y además en el trato con compañias proveedoras de los Duty Free Shop, Jorge era un entendido.

El había trabajado en la Argentina para un grupo franco–alemán que era propietaria de la mas prestigiosas marcas de perfumería y cosmética por muchos años y eso lo había convertido en un experto.

Le apasionaba manejar números de ventas, compras, estadísticas, hacer estudios comparativos entre marcas y sus participaciones en los mercados, etc.

Siempre manejaba datos totalmente fidedignos, que vaya a saber como los conseguía, pero él los tenía y eso le daba poder. En definitiva tenía un marketing propio muy efectivo, él lo sabía, lo desarrollaba cada vez mas y sacaba provecho de todo eso.

-   "Bueno no te excites, solo te mencione una posibilidad, pero cierta, vos sabés que yo no miento y yo se lo voy a plantear a los efectos de que si tiene interés real, programemos una reunión contigo. Llámame el martes por la noche que quizás tenga alguna respuesta"
-   "Listo, te llamo el martes por la noche"

Capítulo 3

El mundo del Duty Free Shop

Cómo es el mundo del Duty Free Shop?

El comercio del Duty Free Shop o el Tax Free Shop o de las tiendas Libres de Impuestos como se le conocen según las distintas regiones del planeta se refiere a las ventas libres de impuestos exentas de tasas fiscales y de las cuales se benefician pasajeros de vuelos internacionales en los aeropuertos, o de a bordo de las naves de pasajeros como ferrys boats o también para pasajeros por autos en los diferentes pasos de fronteras o zonas francas ubicadas generalmente por la geografía de América Latina.

Los precios duty free suponen para el viajero ahorros medios de entre el 20 % y el 30 % con respecto al Mercado Doméstico variando este diferencial en función del país de destino y el tipo de producto adquirido

Es el Mercado minorista internacional de los viajeros y es un industria que genera, donde esté, un polo de desarrollo facilitando cambios en el lugar o región ya sea en la fisonomía, en el transporte, o en el turismo incluso generando una gran cantidad de empleo calificado.

Incluso en los lugares que existen Tiendas Libres de Impuestos o Free Shops en puntos fronterizos provocan además de las ventajas mencionadas, una disminución del contrabando que pudiera existir entre dos o mas países ocasionado por alguna diferencia de la cotización de la moneda originada en alguno de esos países. Es una herramienta sumamente eficaz por que logra equiparar las acciones.

Esta situación se puede encontrar en Sudamérica, generalmente en los países que tienen fronteras con el imponente Brasil.

Es el caso de la triple frontera o ciudad del Este y Pedro Juan Caballero en Paraguay, Puerto Aguirre en Bolivia y las ciudades de Rivera, Chuy, Rio Branco y Artigas en Uruguay.

También en Sudamérica hay otros puntos muy importantes donde se desarrollan este tipo de negocios tales como los son Iquique en Chile, Ushuaia en Argentina, también en Puentes sobre los ríos limítrofes como el caso del Puente Libertador General San Martín que cruza el Río Uruguay desde la provincia de Entre Ríos en Argentina en la zona de Puerto Unzue cercana a Gualeguaychú hasta la ciudad de Fray Bentos capital del departamento uruguayo de Rio Negro.

Una constante en estas tiendas de fronteras es que los comerciantes disfrutan de todos los beneficios y potencial económico de las naciones que los rodean.

Al margen de problemas puntuales, generalmente diferencias de tipo de cambio entre los países, fuertes recesiones o aperturas en las economías de los mismos, que pueden hacer menos apetecibles los productos importados en estas tiendas al encontrarse también en el Mercado doméstico, el papel de las tiendas libres en las fronteras ha ido evolucionando con el tiempo transcurrido,

La existencia de este tipo de negocios generalmente son una declaración de cortesía y buena voluntad entre distintos países y generalmente por motivos estrictamente comerciales por lo cual se permite a que pasajeros no nativos del país puedan comprar distinto tipo de mercaderías con la ventaja de que dichas mercaderías están libres parcial o totalmente de impuestos y que además no deben traspasar los límites de compras establecidos por los respectivos gobiernos.

El movimiento que genera en ventas este negocio en su totalidad y en todo el mundo es de aproximadamente treinta y siete billones de dólares Americanos (datos año 2008) repartidos aproximadamente en 40 % Europa, 27 % para Asia y Oceania, 24 % para las Américas y el resto repartido entre Medio Este y el continente africano. (Fuente Generation DataBank)

En lo que tiene que ver con tipo de mercaderías mas vendidas el 65 % lo representan los artículos de lujo, perfumería y cosméticos, 17 % aproximadamente la licoreria, 10 % de comestibles y golosinas y el resto en cigarreria.(Fuente Generation DataBank)

Sin bien como dijimos anteriormente estas tiendas pueden encontrarse en diferentes lugares, desde en un Puente entre dos países, o en puntos fronterizos o a bordo de un Ferry Boat, el lugar donde mas se identifican estos negocios es en los aeropuertos.

En ellos se distinguen las llamadas tiendas "de llegada o de arribos" y las tiendas "de salida"

Las primeras son las que muchas veces ha ofrecido algun tipo de resistencia por parte de los agentes de los mercados domésticos de los países principalmente los que están en vias de desarrollo por que estarían compitiendo abiertamente con ese Mercado.

Sin embargo los defensores de las tiendas "de llegada" aseguran que estas tiendas decididamente no compiten con el negocio local establecido sino que realiza una cosa muy importante: capta las compras que los pasajeros harían en el extranjero y si se produce una restriccióm ahí sí ocasionaría la transferencia de las compras directamente hacia el extranjero y al introducirlas al país de destino originaría métodos ilegales como el contrabando.

En lo que no hay duda es que las tiendas "de llegada" producen beneficios tangibles a los pasajeros en primer lugar mejorando el servicio ofrecido y a los países donde están (noventa por ciento de los aeropuertos latinoamericanos).

No en vano el volúmen de negocios de estas tiendas ha aumentado de un 40 % a un 80 % del total en todos los países que han puesto en efecto las tiendas "de llegada".

Hoy la construcción de los modernos aeropuertos no se conciben sin este tipo de negocios y el estudio y viabilidad de todo el conjunto ya pertenecen a un grupo multidisciplinario y no sólo son patrimonios de los arquitectos o ingenieros.

Hoy estas tiendas no sólo deben estar en concordancia con el resto de la construcción o reforma de cualquier aeropuerto, deben estar ubicadas en un espacio de inmejorable acceso, con un tamaño acorde al mismo por que serán el "star" de todo el edificio.

Estos conceptos todavia cobran mayor importancia en aquellos aeropuertos de centros esencialmente turísticos, donde los aeropuertos forman una parte de un todo que en su conjunto tienen la competencia de aumentar la capacidad de recepción de turistas. Optimizando al máximo las altas temporadas y haciendo mas tenues las bajas.

Un ejemplo muy práctico sobre lo antes dicho es el método y el concepto utilizado por los propietarios de la tienda del aeropuerto de la ciudad turística - quizás unas de las mas importantes de Latinoámerica – de Punta del Este perteneciente a Corporacion América.

Está ubicado a veinte kilometros de la ciudad de Punta del Este, el balneario mas exclusivo de la región, donde transita un público con un nivel socio-económico y cultural de nivel alto. Integrados en gran parte por reconocidos empresarios de todo el mundo, estrellas del jet set internacional, y personalidades internacionales

El edificio de la terminal fue diseñado por el mundialmente reconocido arquitecto uruguayo Carlos Ott.

Es interesante destacar parte de la disertación realizada al respecto por uno de los directores de este aeropuerto en la II conferencia de ASUTIL (Asociacion Sudamericana de Tiendas Libres) en el Alvear Palace Hotel de la ciudad de Buenos Aires en el ano 1998 para ilustrar estos conceptos:

–   *"Como se dice en el libro "Bottom- up marketing" de Ries y Trout, la mayoría de las veces la táctica condiciona la estrategia y para graficarlo, representan a la estrategia como un martillo y a la táctica como un clavo. Entonces había que crear un clavo iidóneo para nuestro estratégico martillo, por lo que un equipo de arquitectos y ejecutivos de nuestra empresa definieron lo que pomposamente denominaríamos como "Diez mandamientos para diseñar nuestra tienda":*

   o   *El 100 % de los pasajeros tanto saliendo como arribando debían tener la posibilidad de entrar a la tienda*

   o   *El diseño debería estar acorde con el resto de la terminal, sin opacar a los productos verdaderos protagonistas de la tienda.*

   o   *La atmósfera no debería ser agresiva, fomentando naturalmente en el pasajero el impulso a recorrer, investigar y comprar, sin preocuparse de sus hijos o la salida de su vuelo. Donde el que prefiera la venta asistida se sienta tan cómodo como el que prefiere el autoservicio*

   o   *En un lugar donde el sol siempre es protagonista, la luz natural debería estar presente durante el día*

   o   *Sin ser lujosa la tienda no podria parecerse a un supermercado, el entorno debería ser refinado, allí se van a ofrecer los mejores artículos del mundo.*

   o   *Sin renunciar a la clasificación y el orden, se debería evitar la monotonía en la exhibición de los artículos, la cual causa, confunde y abruma al cliente.*

   o   *El pasajero debería poder recorrer la tienda con total libertad, pudiendo abonar los productos en el check out que deseara y aún después seguir paseando por el local.*

   o   *Los diferentes sectores deberían diferenciarse sin estridencias pero de forma tal que guien al pasajero y acompañen al conjunto* o *El local debería permitir decoraciones cambiantes, promociones diferentes y toda acción que permitiera al pasajero encontrarse con un entorno novedoso en cada viaje*

o *Los acompañantes deberán tener alguna visión de la tienda*

- *"De acuerdo a estos mandamientos el resultado fue una tienda realmente diferente con características muy especiales:*

  ▪ *Ubicación en el centro de la terminal por lo que la totalidad de los pasajeros circulan en ambos sentidos*

  ▪ *Se evitaron paredes internas, diferenciando los sectores solo por el tipo de piso: alfombra para la perfumería y cosmética, acero para las bebidas, cigarrillos y comestibles, madera para ropa y accesorios y asi sucesivamente con todos los rubros.*

  ▪ *Permitir la entrada de luz natural a travez de superficies vidriadas de gran tamaño*

  ▪ *Excelente observación desde cualquier punto del edificio*

  ▪ *Todo en un estilo de "Tienda por departamento" y no en formato de supermercado clásico y con islas y múltiples cajas.*

  ▪ *"Las islas se ordenaron alfabéticamente para su rápida ubicación*

  ▪ *El pasajero no debería preocuparse de nada: existencia de televisores con iinformación sobre vuelos, lugares exclusivo para niños, guardaequipaje, video-wall con proyección de musicales, fashion, publicidad, barra de degustación de alimentos y licores y fundación de un club de socios.*

Historicamente podemos afirmar que de acuerdo al tipo de mercaderías, existen algunos rubros específicos que su presencia son un común denominador en este tipo de negocios como lo son las bebidas alcohólicas, tabacos y cigarrillos, fragancias y cosméticos que le dan un tinte de "selectividad" aunque por estos tiempos se puede ver claramente que el Mercado selectivo puede perfectamente convivir con el Mercado masivo "bajo el mismo techo"

Hoy en dia los productos que se ofrecen en estos negocios ya han superado estos rubros, hoy se encuentran toda clase de productos, desde comestibles finos, electrodomésticos, joyas, relojes, prendas finas, artículos recreativos, artículos para camping, incluso automóviles en algun Duty Free Shop de los países árabes.

El concepto de comercio de Duty Free es probablemente tan antiguo como el comercio internacional propiamente dicho.

Antiguos proveedores de embarcaciones, rutinariamente proveían a comerciantes de mercaderias para su tripulación, generalmente licores y Tabaco, con una diferencia con respecto a los altos impuestos, por que estos productos tenían la particularidad de que eran consumidos en mar abierto y por lo tanto mas alla del alcance de influencia de los impuestos establecidos en esos lugares.

Es así que podemos afirmar que una larga y tradicional posición había comenzado.

La moderna versión de este tipo de negocios se remonta a Europa de la postguerra cuando se instaló la primera tienda de este tipo en el aeropuerto Irlandés de Shannon estando en servicio desde esa fecha.

Fue diseñada en aquella época para los pasajeros transátlanticos de las líneas aéreas que viajaban tipicamente entre Europa y nuestros países y en vuelos que paraban para reaprovisionarse de combustible en los viajes de salida y de entrada. Fue un éxito inmediatente y de ahí comenzó a copiarse a todo el mundo

Dos años mas tardes – ano 1948 - de la inauguración de esta tienda se dio el comienzo de ventas de licores y tabaco en las aerolineas europeas lo que ayudó enormemente al desarrollo de este tipo de Mercado

Este concepto de las compras libres de impuestos fue ampliado por dos empresarios Americanos, - Chuck Feene y Robert W. Mller que crearon una corporación llamadas Duty Free Shoppers Group ya en los años 60.

Comenzó las operaciones esta empresa en Hong Kong y desde allí se extendió a Europa y a América, creció y finalmente se transformó en un empresa mundial., tanto que Robert Mililler vendió su participación en la misma en 1996 por la astronómica suma de novecientos cincuenta y cuatro millones de libras

La primera fuerte reglamentación surgida para estas tiendas surgió en la Unión Europea en el ano 1999 cuando esta comunidad de países tomó fuerza y comenzó a consolidarse. Fueron suprimidos para los recorridos dentro de la Unión Europea los privilegios de que gozaban este tipo de negocios. Es decir se venden productos a los viajeros del Intra-Unión Europea pero con impuestos apropiados.

Algunos territorios especiales del Estado miembro tales como Aland, Livigno o las Islas Canarias, si bien están dentro de la Unión Europea están fuera de la unión de impuestos y continúan asi las ventas libres de impuestos para todos los viajeros.

Con motivo de esta extinción del duty free para pasajeros que viajen dentro de la Unión Europea, y con el fin de minimizar el impacto en los potenciales clientes, los mas importantes operadores aeroportuarios de Europa deciden crear la marca y el concepto de "Travel value" por el cual estas empresas absorben la carga impositiva para continuar beneficiando al cliente intracomunitario con precios de duty free.

Hoy la industria de los Duty Free Shop se organiza a través de asociaciones internacionales que se encargan de organizar y proyectar tanto a la totalidad de lal industria como a las propias tiendas.

A tales efectos podriamos distinguir tres asociaciones:

- IAADFS (International Association of Airport Duty Free Stores) con sede en Washington DC y fundada en el ano 1966. Esta asociación realiza la convención anual para toda la industria y sus asociados en el estado de Florida. Cuenta con casi quinientas empresas asociadas dentro de las cuales se encuentran tiendas establecidas en distintos aeropuertos del mundo, concesionarios, proveedores, fabricantes y agentes
  Tiene como principales objetivos:

  - Promover la industria de duty Free de aeropuertos como un segmento importante de la comunidad empresarial internacional
  - Facilitar las actividades mediante el cual los operadores de tiendas libres de impuestos de aeropuertos y sus proveedores puedan intercambiar información sobre los productos y su potencial de Mercado libre de impuestos y
  - Servir como una voz colectiva que representa la industria libre de impuestos de aeropuertos sobre problemas comunes que la afectan
  - TFWE (Tax Free World Exhibition) con sede en la ciudad de Paris y por ende mas enfocado a la proyección de la industria en el continente Europeo y Asiático

- Con una misión y objetivos similar a la anterior asociación fue creada en el ano 1984 para activar y potenciar las tiendas de Duty

Free proporcionando herramientas (investigaciones de Mercado, conferencias y talleres) y oportunidades para su crecimiento.

El compromiso de esta asociación con proveedores y operadores se resume en su lema: "Por el comercio, para el comercio".

Como una organización sin ánimo de lucro y con una membresia de más de cuatrocientas empresas, incluyendo algunos de los mas conocidos del mundo, marcas y proveedores de bienes, esta asociación centra su trabajo en la entrega de valor a la industria.

- Por último encontramos a ASUTIL (Asociacion Sudamericana de Tiendas Libres) que surge como lo dice su nombre agrupando preferentemente a las tiendas sudamericanas aunque tambien la industria tiene su lugar ya que son de interés mutuo

Esta es la mas reciente de todas las asociaciones, data desde 1995 y tiene su sede en la ciudad de Montevideo y como lo da a entender su nombre surgió por inquietude de fundar en el área sudamericana una cámara que agrupe y represente los intereses de las compañias administradoras de los Duty Free Shops en esa región.

Cuando hablan de "intereses de las compañias" se refiere a tratar de crear un "foro especializado" que asesore, represente y mantenga relaciones de cooperación entre sus miembros ante posibles cambios de las tendencias de los gobiernos o macros bloques económicos, como ya ocurrió en la Comunidad Europea a raiz de la unificacion de aranceles.

Estas asociaciones en su conjunto son muy importantes ya que patrocinan proyectos de estudio, investigación, capacitación, educación e inersión y de esa manera llevan a la jerarquización de la actividad. Una actividad que como vimos es de antiguos origenes pero tomo fuerza después de terminada la segunda Guerra mundial y es fuente de empleo de cientos de miles empleados alrededor del mundo.

Una de las zonas donde mas se desarrolla este tipo de negocios es "Tierra del Fuego" en la República Argentina, la región mas austral del planeta, donde se conjugan la suave llanura patagónica con la extremidad de los Andes, los bosques con los ríos, las cumbres con el mar, la realidad con el mito, los naufragios con los paisajes salvajes, el frío austral con el deshielo anual de los glaciares, da toda la sensación que es un territorio inexplorado del continente donde los hielos son testigos eternos.

Si por momentos parece un paisaje inhóspito se desarrollan en este territorio todas las actividades productivas desde el sector ganadero, el forestal, la pesca, extracción de hidrocarburos aunque quizás la oferta mas importante sea su infraestructura turístuca que se concentra en la ciudad de Ushuaia.

Esta ciudad es la capital de la provincia de la Tierra del Fuego, Antártida e Isla del Atlántico Sur, situada a orillas del Canal Beagle, rodeada por los Montes Martial ofreciendo un paisaje casi perfecto, con la combinación de montaña, mar, glaciares y bosques.

Es una ciudad sumamente pintoresca que combina colores y desniveles que acompañan el recorrido del paisaje andino. Es la naturaleza en una de sus máximas expresiones.

El turismo antártico se ha transformado en definitiva en una de las actividades de mas crecimiento en la zona.

Todo facilitado por legislaciones que garantizan beneficios fiscales al menos hasta el ano 2013 y que seguramente serán prorrogados como la eliminación de aranceles, impuestos y tasas para la importación de bienes y mercaderías, situación que motiva la creación de tiendas de Duty Free Shop.

La temporada turística antártica comienza a mediados del mes de noviembre y finaliza hacia mediados de marzo.

Durante estos meses de verano austral distintas embarcaciones principalmente cruceros y en menor proporción veleros que difieren entre trescientos pasajeros de los primeros hasta aproximadamente cuarenta de los otros, ofrecen a los amantes, no sólo del turismo clásico sino a los nuevos turistas ecológicos, la posibilidad de transitar por paisajes paradisíacos y al mismo tiempo viajar hacia el Continente Blanco.

Sin duda otro paisaje ofrecen las tiendas Duty Free Shop en Uruguay principalmente en las fronteras con Brasil, como en las ciudades de Chuy y Rivera ya con una historia de progreso en este negocio y las mas recientes ciudades autorizadas a desarrollar este Mercado como Artigas y Rio Branco.

En estos lugares el paisaje no difiere de las demás fronteras entre países latinoamericanos y especialmente entre estos y el poderoso del sur Brasil.

Son paisajes donde se mezclan sus diferencias mas que las similitudes, y donde la única separación es una calle y por eso al mismo tiempo no se advierten tanto las diferencias entre los paises que comparten la frontera.

Las diferencias de tipo de cambio que se producen entre Brasil y estos paises muchas veces van templando al empresario y a los empleados los que les da un training que les permite acomodarse a los cambios y esto le da una experiencia a unos y a otros que no tienen nada que envidiar a empresarios y empleados de las grandes tiendas Duty Free de cualquier parte del mundo.

Ellos saben como posicionarse ante la adversidad y sacar provecho cuando los vientos son a su favor.

Capítulo 4

Encuentro

La semana no podía haber comenzado mejor para Federico. El lunes temprano por la mañana, alrededor de las ocho, el contador habia pasado a recogerlo por su domicilio, para "internarse" en el estudio de este último y se dedicaban a tocar todos los puntos pendientes.

Mariano Garcia era un contador joven pero con mucha experiencia, conocía a Federico desde hacia tres años aproximadamente y después que este le comentara sobre el nuevo proyecto había quedado sumamente entusiasmado y eso que aun no le habia comentado la idea de Jorge Benitez.

Antes de contárselo queria hablarlo con el que tenía que ser el principal protagonista de la historia, el que aprobaría o denegaría dicho proyecto: Martín Beloquio y sus socios.

Si bien todo era motivante, Federico tenia un tema para el tan importante como todos los demás que era el cálculo de su deuda con el fisco y Mariano Garcia sin que nadie se lo pidiera fue en lo primero que se puso a trabajar.

- "No se que pensás vos sobre la oferta que te hizo este senor Beloquio, que yo aun no lo conozco pero yo no la dejaría pasar por que te sacarías de encima una "espada de Damocles" importantísima y quedarías libre de deudas con el estado. Vamos a calcular el total de la deuda y después vemos que podemos hacer. Si él no te da el total del dinero al menos algún dinero te va a ofrecer y luego veriamos de hacer un acuerdo de pago por el resto. Yo se que a vos no te gusta abusar de nadie, pero aceptá mi consejo"

-   "Lo que yo tengo miedo es por aquel viejo dicho de que "cuando la limosna es grande hasta el pobre desconfía", es decir me pone nervioso pensar de que este préstamo es algo "a cambio de ....." contestó Federico.

-   "en eso tenés razón, pero bueno, vas a trabajar para él, vas a conseguir buenos negocios, evidentemente por tu linda cara no te va a ofrecer esta posibilidad, pero vamos a dejarnos de suposiciones y no perdamos mas tiempo por que hoy tenemos un dia muy complicado y tenemos que transformarlo en un dia efectivo y perfecto. Primero vamos a calcular la deuda y después seguimos con lo demás"

Efectivamente el lunes habia sido bien movido, hacía mucho tiempo que no estaba tan motivado, volvía a tener sentido todo lo que hacía, era tenido en cuenta. ! que importancia tenís todo esto para él!!

Después de calcular la deuda, se habían puesto en contacto con un prestigioso estudio financiero que se encargaba de formar y vender Sociedades Anónimas y de una larga lista de nombres Federico eligio Fracos Trading S.A.

Se dejo reservada para que al otro dia el sr. Beloquio pasara a firmar toda la documentación que lo hacia propietario de la misma y así podrís retirar las correspondientes acciones societarias de la nueva empresa.

Acudió al Banco TransContinental, explicó al gerente que era tan conocido de él como del contador cual seria la actividad específica de la empresa, retiraron todos los formularios necesarios para la aperture de cuentas.

Hasta tuvo tiempo para reunirse en las oficinas de la Zona Franca Internacional para discutir tarifas de almacenamientos y arrendamientos de oficinas.

Al llegar a su casa se sintió satisfecho, le habíia dado el tiempo para todas las tareas que tenia previstas. Su esposa lo esperaba impaciente al mismo tiempo que parecía dominar un poco sus reproches que ya lo tenían tan acostumbrado a Federico que en parte se había impermeabilizado de los mismos. Todo como consecuencia de que ya percibía un cambio de actitud en él y lo encontraba distendido y por lo tanto el ambiente familiar parecía dirigirse a un ambiente mas calmo, mas razonable como hacia tanto tiempo no ocurría.

A las diez y treinta de la noche suena el teléfono en la casa de Federico.

Lo encuentra en ese momento observando en silencio, con la mente en blanco, desde la ventana de su escritorio en su apartamento el horizonte del Rio de la Plata donde se reflejaban las luces del gran Buenos Aires, una ciudad que le impactaba cada vez que iba y que además siempre lo habia ilusionado como tantos uruguayos poder ser parte de la misma.

No era dificil saber de quien se trataba

- "Federico, habla Martín Beloquio, como está?, cómo le fue con su agenda que era bastante cargada para hoy?"
- "No me va a creer, pero todo salió perfecto"
- "No se imagina cuanto me alegro, cada vez me convenzo mas de que estamos en los inicios de una actividad en grande, asi que cuénteme, que estoy ansioso"
- "Comencé bien temprano, a las ocho de la manana ya estaba en el estudio del contador y ...."
- "! Ah ! ya consiguió el contador" interrumpió Beloquio
- "Por supuesto, además él me ayudó en todo, tengo un volumen importante de documentación para que Ud., me firme, formularios de aperturas de cuenta del banco, todo lo referente a la empresa que ya dejé todo pronto para que ud., la retire del estudio ....."
- "Entonces ya reservó la empresa?, qué nombre consiguió?" volvio a interrumpir un ansioso Beloquio
- "Sí señor y el nombre que elegí fue:FRACOS Trading S.A., que le parece?, si no le gusta podemos elegir otro nombre"
- "Me parece perfecto, va a ver que en poco tiempo este nombre va a recorrer toda esta zona y nosotros la vamos a hacer conocer en todo el mundo, no tenga dudas."
- "otra cosa, sr Martín es que también calculamos mi deuda con la oficina de impuestos"
- "me ganó de mano, ya se lo iba a preguntar, de cuanto dinero estamos hablando"
- "bueno, me da un poco de vergüenza, pero todo sumo doce mil ochocientos cincuenta y cuatro dólares"
- "que esta diciendo Federico, vergüenza es robar y que alguien lo vea, yo creía que estábamos hablando de otra suma mayor"

Federico no habia escuchado esta última frase de Beloquio y comenzó a darle explicaciones

- "yo se que esta suma es mucho dinero, lo que sucede que una empleada que yo tenía– se acuerda aquella chica que yo tenía de secretaria que tanto ayudé, Janet – me hizo una demanda y no me dieron ni oportunidad de defenderme. El contador me dijo que se podria rebajar algo pero no tanto como desearíamos asi que......"

- "Federico, por favor, pare de hablar un poco, repítame la suma por favor"
- "doce mil ochocientos cincuenta y cuatro"
- "Federico, venga mañana junto al contador, que lo quiero conocer, y alguna solución le vamos a encontrar. No se preocupe, ud., tiene que tener mente despejada para pensar y hacer negocios, nada más. Tenemos que hacer un buen equipo entre mis socios, yo y ud. Nosotros aportaremos el capital, lo mas importante y ud., aportará el trabajo y el ingenio"
- "Bueno, le agradezco su cooperación y le tomo la palabra:"no me hago problemas"
- "asi se habla, nos vemos mañana"
- "Nos vemos mañana temprano alrededor de las ocho de la manana y cito al contador para mas tarde, por que tengo una propuesta que ya me hicieron y creo que le podria interesar a ud., y a sus socios. Yo se lo transmito a ud., por que sigo al pie de la letra su deseo de que "si aparecía algún negocio que podría interesar de acuerdo a mis criterios, que no lo dejara pasar"
- "Pero perfecto Federico, mejor lo hablamos entre nosotros y yo se los transmito a mis socios"

Si el lunes habia tenido todos los condimientos necesarios para ser un gran día el martes sería también fantástico. Si en algo tenia razón Beloquio era cuando decía que Federico tenia que estar con la mente clara para pensar que era lo que mejor hacía, se refería a la "produccion de ideas" de lo cual era capaz de hacer por si solo.

Se acostó bien tarde, a la una de la mañana ya del martes, estuvo sentado en el living de su apartamento soñando, parecía que iba a tener otra oportunidad en su vida y no la iba a desaprovechar. Veia la luz al final del camino que hacia mucho tiempo no lo hacía, !tantas ideas y sueños fluían de su mente!!, habia recibido un toque mágico sin duda.

El martes cumplió con la misma rutina de casi todos los días, se levantó temprano, preparó los desayunos - cinco en total – su mujer, los dos hijos de ésta, los de él y su adolescente hijo.

Se ducho, se vistió rápidamente, se acordó de cumplir con dos viejas cábalas por que el día así lo reclamaba:ponerse una tirita roja – para lo que uso un pedacito de lienzo de ese color que puso en su media – y la otra era la de estrenar una prenda nueva, lo que cumplió exageradamente por que se puso una camisa, el par de medias y una corbata, todo nuevo y sin estrenar.

Salio del edificio dispuesto a transitar con paso seguro las ocho cuadras que separaba su domicilio del edificio céntrico donde Martín Beloquio tenía su oficina, trayecto que transitó en pocos minutos.

Al contador Mariano Garcia se le habia citado al mediodía y recien eran las nueve de la mañana, asi que tendría bastante tiempo para dialogar tranquilamente con Martín Beloquio.

Al contarle la posibilidad de establecer una tienda de Duty Free Shop en Ushuaia, se mostró totalmente entusiasmado, contrastó evidentemente con el escepticismo que tenía Federico que pensaba que no pasaría de una simple anécdota.

La respuesta de Beloquio fue eufórica.

- "No pierda la oportunidad, me encantaría ser propietario de un negocio asi, confirme una reunión con esa persona amiga suya, trate de que venga él a Montevideo, o lo que es mejor podría ser de encontrarnos en un punto intermedio, por que yo esta semana no puedo ir a Buenos Aires otra vez, pero tengo que ir al interior del país a ver unos campos que quieren comprar unos inversores extranjeros y entonces nos podríamos ver en la ciudad de Colonia, podría tomarse un Ferry Boat y venirse a esa ciudad y ahí nos reuniríamos este señor, ud y yo y quizás hasta mis socios. Eso si yo lo llevaría hasta Colonia pero después yo no vengo de regreso a Montevideo, o sea que ud., tendría que venirse para su casa en el bus"
- "eso es lo de menos, y cuando podríamos reunirnos? Por que este señor me va a llamar hoy por la noche"
- "Pero Federico, ud., todavía no entendió que esta es su oficina, sea ejecutivo llámelo ya y quizás podríamos reunirnos mañana mismo en Colonia"

Causalidad o casualidad pero Jorge se encontraba en su casa quinta de Luján y quedo impresionado cuando su señora le comunicó que Federico estaba en el teléfono.

- "Fede que sorpresa!! Hoy por la noche te iba a llamar como habiamos quedado"

- "Jorge, me adelanté porque justo en este momento estoy con la persona que te había comentado con respecto a tu proyecto de la tienda de Ushuaia y el esta dispuesto a reunirse, le interesa y bueno quisiera concerte personalmente"
- "Fede, decime la verdad, está ahí contigo?, no me estas haciendo una broma?"
- "Sí, lo tengo aqui frente a mi, estoy en su oficina"
- "en "Nuestra" oficina" acota en voz baja Beloquio, para hacerle recordar a Federico de su nueva posición. Este asiente con su cabeza que entendió el mensaje.
- "y repetime, es cierto que tiene interés?" insistió Jorge
- "Sí, te lo aseguro, tiene interés"
- "ok., que tengo que hacer?"
- "Bueno, presta atención. El único problema es que este señor, que se llama Martín Beloquio, toma nota de su nombre por favor, no puede ir a Buenos Aires esta semana, por que estuvo justamente ayer. Lo que él me sugiere es que vos te tires hasta Colonia y nos podríamos ver en esa ciudad, por que él tiene que inspeccionar unos campos por esos lados. Que te parece la idea?"
- "que, que me parece?, sea como sea, mañana estoy en Colonia. Ya voy a averiguar los horarios de los Ferry Boat y te confirmo a que hora llego"
- "ok., llamame enseguida, te doy el teléfono de la oficina es 29889973, esperamos tu llamado"
- "te llamo en diez minutos"

Beloquio estaba radiante, todo estaba saliendo mejor de lo que soñaba Jorge contestó en menos del tiempo señalado

- "vió Federico, hay que ser ejecutivo, Mañana ya nos reunimos y vamos quemando etapas rápidamente. A propósito, me entendió lo que le murmuré mientas hablaba con su amigo? No diga la oficina del sr. Beloquio, acostumbrese a decir "mi oficina", y a partir de hoy sera la oficina de la empresa Fracos Trading"
- "Sí, ya lo entendí, deme unos días para acostumbrarme a esta nueva situación"
- "bueno ahora vamos a ver su tema, yo le prometí algo y lo voy a cumplir. Yo anoté por aqui el importe de su deuda: doce mil ochocientos cincuenta y cuatro dólares, a propósito el contador va a venir ahora?"

- "Lo cité al mediodía, por que asi tenía tiempo de hablar con ud., de estos temas"
- "Perfecto. Federico y lo voy a ayudar como le dije y le voy a prestar este dinero en su totalidad. Vamos a pedirle al contador que certifique exactamente el valor de la deuda y yo le voy a dar un cheque, y ya se olvida de ese problema. Eso si vamos a tener que documentar de alguna manera la deuda. Ud., tiene propiedades?"
- "no, ninguna"
- "alguna garantía, tampoco?"
- "no, no tengo a nadie que me pueda ayudar"
- "bueno, yo voy a apostar a ud., – voy a invertir en ud., por lo tanto vamos a hacer un conforme de pago a seis meses"
- "pero sr. Beloquio, yo en seis meses no voy a poder pagarle esta suma a no ser que gane la Loto"
- "no se apresure, dejeme explicarle. Ud me firma un conforme y en seis meses algún negocio junto vamos a tener o algo surgirá por lo tanto ud., me irá entregando lo que pueda y va a ver que en mucho menos tiempo del que ud., piensa, termina con la deuda, pero lo mas importante es que esta deuda la tiene conmigo y no con la oficina de Impuestos"
- "entiendo su Buena voluntad, pero perdone que le insista: en seis meses no voy a poder pagarle la deuda"
- "Federico, el plazo del documento es algo arbitrario, es mas que nada por que necesito un respaldo legal, ud., sabe nadie es inmortal y además también para mostrarle algun documento a mis socios, no se olvide que yo no estoy solo en todo esto. Yo no le voy a poner un revolver en su cabeza para que me pague. Cuando lleguen los seis meses, hacemos un balance de lo que ud., ha podido pagar y hacemos otro documeno igual por el importe que resta y taambién a seis meses y asi lo vamos renovando. Además Federico no se olvide que yo me tengo que cubrir y tener todo documentado, por que yo también debo rendir cuentas"

Era la primera vez que Federico habia escuchado algo sobre lo cual muchas veces le habia quitado el sueño:*"Además Federico no se olvide que yo me tengo que cubrir y tener todo documentado, por que yo también debo rendir cuentas"*

Pero ya se había acostumbrado a esta tortura de pensar sobre el origen del dinero y lo tenia casi superado. Hoy por hoy el dinero, proveniera de donde proveniera, le estaba solucionando un problema tan importante como su vida misma.

Puntualmente en el horario acordado se hizo presente en la oficina el contador Mariano Garcia y fue recíproca la Buena iimpresión entre éste y Martín Beloquio.

Este le firmó toda la documentación necesaria que habían conseguido Federico y el contador, además de confeccionar el conforme por la suma de la deuda donde Federico estampó su rúbrica a cambio del cheque por el total de la suma que el contador habia certificado.

En definitiva todo habia cerrado perfectamente, además todo estaba en marcha y al otro día se reunirian con Jorge Benitez en la ciudad de Colonia en horas de la mañana, ya que este había confirmado su llegada al Puerto de Colonia alrededor de las diez y cuarenta y cinco.

Justamente al otro día - miércoles por la mañana – Beloquio pasa por el domicilio de Federico para emprender el viaje hacia la ciudad mencionada. Al detener su auto - último modelo de marca japonesa - de vidrios oscuros no pudo distinguir hasta que abrió la puerta que debería viajar no muy cómodo y en el asiento de atrás, ya que en los asientos delanteros ademas del Sr. Beloquio viajaba uno de los socios Jorge Sampietro y en los asientos traseros lo acompañarian dos elegantes damas que les fueron presentadas como Leticia y Claudia, secretarias personales de los dos caballeros o sea que de esa manera fue el primer contacto con "sus empleadas" como se lo habia aclarado Beloquio en el primer encuentro entre Federico, él y sus dos socios.

"………*Federico, de ahora en mas ud., podrá usar esta oficina y se nos ocurrió una idea para comenzar a blanquear esta situación, a ver que le parece a ud.: nuestras secretarias podrían venir a trabajar a esta oficina con ud., y nosotros argumentamos que eran empleadas suyas anteriormente y que ud., nos pidió de emplearlas para el nuevo proyecto, que tal?, no es una excelente idea?"*

Desde el primer momento de la presentación hubo una afinidad y una quimica entre Beloquio y Jorge Benitez lo que tranquilizó a Federico por que en el mundo empresarial, las "primeras impresiones" parecen ser un dogma para el futuro de cualquier negocio. Este era el primer encuentro y el idilio duraría poco mas de un año.

Realmente Benitez habia estado a la altura de lo que había prometido, habia reunido una cantidad de información había explicado todo con lujo de detalles, etc.,

Mientras se sucedían las "vueltas" de café en el mismo bar de la terminal de los Ferry Boats, Benitez se habia fumado casi una cajilla de Marlboro rojo lo que hacia el lugar un poco incómodo para los otros tres presentes por que no fumaban. Las señoras quedaron solas en el centro de la ciudad "matando" el tiempo mientras se celebraba la reunión de caballeros.

- "Entonces señores, que les parece?" preguntó Jorge Benitez
- "y creo que tendremos que ir a Ushuaia" replicó Beloquio ante la atenta y entusiasta mirada de Federico y el asentimiento nervioso de Sampietro que respetaba muchisimo todo el desempeño de Beloquio.

Reflexionando un poco mas exigente, Beloquio tomó la palabra;

- "yo veo un solo inconveniente y que tanto ud. Jorge como Federico tendrán que solucionar"
- "cual sería sr. Beloquio?" contestó Benitez
- "Senor Benitez, ud., dijo que los dueños de esta tienda pretenden negociar no sólo el negocio con su infraestructura, sino tambien el inmueble, y yo les digo sinceramente que no seria partidario de invertir en un inmueble a miles de kilometros de donde yo tengo mi centro de negocios. Mi idea es que uds., negociaran con esas personas alguna fórmula que contemple esto que les estoy diciendo, resumiendo, lo que le quiero decir es que el interés de nosotros y resaltó "nosotros" por que de ahora en mas trabajaremos como un equipo, es no tener dinero "muerto" en una propiedad, es mejor invertir ese dinero en mercadería y comenzar a remover el stock, para tener un alto índice de rotación en lo que invierto y si invierto en un inmueble, lo que haría sería inmovilizar parte de mi capital. No se si fui lo suficientemente claro?"

A la finalización de esta explicación consiguió el apoyo total de Sampietro quien asintió gesticulando con su cabeza

- "Esta clarísimo sr. Beloquio - contestó Jorge Benitez, aunque no pudo disimular el reconocimiento del primer obstáculo – pero lo único que le prometo es defender su posición. Yo podria entrevistarme mañana mismo con esta gente pero me gustaría que me acompañara o su socio o Federico a Buenos Aires por que me gustaría que estuviera alguien de uds. Presente en la reunión"

- "Me parece muy buena idea, pero ni mi socio ni yo podemos ir a Buenso Aires, lo ideal es que vaya Federico y nos estamos hablando por teléfono"
- "Yo no tengo problema en ir a Buenos Aires, pero vine sin dinero suficiente para cruzar a Buenos Aires" contestó Federico preocupado por la situación suscitada
- "no se haga problema Federico, no lo voy a dejar sin dinero, tome doscientos dolares para gastos y yo le saco el pasaje"
- "En hotel no vas a gastar, por que te quedás en mi casa, no te preocupes" agrego Jorge Benitez.
- "Ok. Entonces voy a llamar a mi casa y ya estoy listo para viajar"

Después de los saludos formales y amables despedidas, con el compromiso de pronto volverse a ver las caras, los dos grupos se separaron y siguieron su rumbo, pero la esperanza de un futuro prometedor estaban con Federico y Benitez e iban a luchar para que fuera una realidad.

Capítulo 5

Negociaciones

Pleno barrio Once de la ciudad de Buenos Aires, faltando quince minutos para las once de la mañana del dia jueves – hora acordada para la reunión entre los interesados del éxito de esta negociación - llegaron al inmueble Federico y Jorge Benitez.

Este barrio identificado en sus origenes con la colectividad Israelí de la Argentina, está situado a pocos minutos del centro de la ciudad y aproximadamente a una hora de la casa quinta de Jorge en la ciudad de Luján.

El lugar elegido por los propietarios de la tienda en cuestión – que eran de la colecitividad judía – era una vieja y prestigiosa casa cambiaria que habia tenido su máximo esplendor en la época donde la hiperinflación azotó a la Argentina. Mirado el edificio desde el exterior tenía un ligero aspecto de una sinagoga, poseía en su interior diversos lugares que se podían utilizar como sala de sesiones, otrora salas donde se realizaban importantes operaciones financieras.

Justamente a una de estas confortables salas fueron invitados Federico y Jorge a pasar y tomar asiento por un señor ya maduro, de mediana estatura, que además de ser el propietario del lugar era viejo consejero familiar, según sus propios comentarios.

Los invitó con café y les pidió disculpas por que los integrantes de la familia Katz-Klein, estaban un poco demorados por que habían acudido esa mañana a visitar al sr. Jacobo Katz, patriarca del clan, que se encontraba internado en estado delicado en el sanatorio israelí desde hacia casi dos meses. La tardanza según este buen señor, de apellido Koper, no superaría la media hora.

Mientras los acompañaba, Koper les dijo que como asesor de Katz padre y luego de sus hijos, él oficiaría en este caso además de mediador, cosa que los sorprendió y no entendieron muy bien a que se refería.

- "pero nosotros no tenemos nada para discutir, simplemente la reunión es para transmitirle nuestra idea y comenzar luego una negociación. Yo solamente hablé con Jaime Katz y él me dijo que tenia dos hermanos más y que hoy iban a estar todos presentes" aclaró Jorge, un poco preocupado.
- "Exactamente – replicó Koper – tranquilo, quizás no supe explicar lo necesario, yo no pretendo ser mediador entre uds., y los integrantes de la familia Katz-Klein, no me malinterpreten, soy mediador entre los hermanos: Raiza, David y Jaime que es el chico que ud., conoce"
- "entre los hermanos?" preguntó Federico
- "estoy seguro que uds., apreciarán mis esfuerzos cuando llegue el momento señores"

Este diálogo se interrumpe repentinamente cuando irrumpe en sala un individuo alto, de buen porte, ojos claros y de tez trigueña, y con un aspecto agresivo que ya en la primera impresión dejaba en el ambiente.

- "Buen día, uds., deben ser los interesados en la tienda de Ushuaia?"
- "digamos que somos los representantes de la empresa interesada" acotó Jorge
- "Perdón que los interrumpa – dijo Koper – permitanme que los presente. El es el sr. David Katz Klein y – mirando a los otros presentes – y ellos son los señores Federico Miraballes y Jorge Benitez"

Evidentemente Koper, además de utilizar normas generales de Buena educación, había puesto en funcionamiento sus cualidades de moderador.

- "Sr. Koper, supuestamente deberíamos esperar al idiota de mi hermano que venga para poder comenzar la reunión?" senálo David
- "No sólo a Jaime hay que esperar, también tenemos que esperar a tu Hermana Raiza" contestó el siempre mesurado Koper
- "mi Hermana fue a llevar a mi madre a la casa por que estaba con nosotros en el sanatorio para ver a mi padre, pero el imbécil de mi hermano salió antes, por que no puede ver a mi padre como está, por

que le debe remorder la conciencia de que mi padre está de esa manera sólo por culpa de él. Así que ya tendría que estar aquí, quizas debe haber pasado por su casa a llorar en las faldas de la loca de su mujer"

- En estos pocos minutos transcurridos Jorge y Federico habían entendido perfectamente las palabras del señor Koper y también su rol *estoy seguro que uds., apreciarán mis esfuerzos cuando llegue el momento señores"*

Jorge Benitez justamente conocía al otro hermano Jaime, el personaje aludido por David con quien había iniciado estas tratativas. Jaime era el hijo menor de la familia Katz–Klein

Jacobo Katz habia sido un visionario en los negocios, integrante de la corriente inmigratoria después de finalizada la segunda Guerra mundial y si bien no logró formar un gran imperio económico, si había logrado formar una cadena de negocios bastante importante y diversificado que a su retiro había tenido que dividir en tres partes, una para cada hijo, lo que con gran esfuerzo habia mantenido unido monolíticamene durante toda su vida.

El a su vez era socio mayoritario en las tres partes que además tenían una auditoría única a cargo de una empresa que seguía perteneciendo a don Jacobo y su señora y que se reservaba un dinero anualmente por los servicios prestados.

En lineas generales don Jacobo seguía siendo dueño y señor de esta tela de araña de sus negocios, que tenian un punto flojo y de ahí su intervención: la pésima relación entre sus hijos que provocaba desconfianza y recelos entre ellos.

Además esto provocaba otra situación que en el fondo iba debilitando al grupo en general y era que los tres hermanos además de los negocios familiares se veían tentados de tener sus propios negocios lo que muchas veces debilitaban los primeros en beneficios de los últimos.

Además existía un denominador común y era que estos negocios paralelos eran manejados por los cónyuges de los mismos hermanos y muchas veces hasta competian con el negocio familiar.

Estas relaciones familiares se habían deteriorado aun mas por el hecho de que don Jacobo había caido primero en un pozo depresivo y luego un fuerte cuadro hemiplégico que lo había transformado practicamente en un ser vegetativo.

Evidéntemente todo tenía el mismo origen, pero el aceleramiento de esta situación se habia producido cuando Jaime, el menor de los hermanos, por cuenta de él y con el único apoyo de su mujer, había incursionado en el negocio de Bienes Raíces, financiando la construcción de edificios de apartamentos en la ciudad de Ushuaia, negocio que era totalmente ajeno para él y que el aumento intempestivo de los precios de costos de obra, terminaron por endeudarlo por un monto superior a los dos millones de dólares, suma que tuvo que enfrentar el clan familiar y de ahí la ira de sus hermanos que no se lo perdonaban.

Alrededor del medio día estaban los participantes de la reunión en su totalidad y se distribuían en el entorno de una gran mesa redonda donde se vislumbraban perfectamente los grupos en cuestión.

Por un lado estaban David y Raiza, luego les seguía el Sr. Koper y al lado de este Jaime, al parecer el más desprotegido de esta asamblea y silla de por medio estaban Federico y Jorge.

Cuando éste último quiso intentar comenzar a hablar se le adelanto David

- "Estimados señores, Benitez y ......"
- "Miraballes, Federico Miraballes "acotó Federico al olvidadizo David
- "..... y Miraballes – continuó su monólogo– creo y espero que mi hermano les haya contado la situación, no se si habrá sido lo suficiéntemente sincero y les habrá detallado todos los inconvenientes que nos provocó, no sólo desde el punto de vista económico sino también de nuestra imagen como familia que mi padre había sabido llevar sin ninguna mancha por mas de cincuenta años de trabajo, nunca le dejó de pagar a nadie, siempre tuvo créditos en todos lados, era su palabra la garantía de muchos negocios. Siempre fue intachable pero bueno ahora nos vemos en la obligación de reducir nuestros negocios para pagar deudas y la tienda de Ushuaia es uno de los negocios que abandonaremos después de haber sido propiedad de nuestra familia por mas de veinte años y después de ser pioneros en este tipo de negocios"
- "lo sabemos" agregó Jorge Benitez
- "pero lo que no saben es que este estúpido – señalando a su hermano Jaime – tiró todo ese esfuerzo por la borda desprestigiando el honor de nuestra familia'
- "Yo asumí todos los errores y las deudas con los proveedores" aclaró sin mucha fuerza Jaime

- "que vas a asumir vos? Si tu nos sos propietario de nada ni de tu carro, todo lo que usas son bienes comunes de la familia y todavía te casaste con una criolla que su familia no tiene un centavo" contestó un David cada vez mas agresivo e intolerante.

Cada respuesta de Jaime, a pesar de que eran con poca convicción lo único que hacían era avivar el fuego transformando aquel ambiente en una caldera insoportable

- "Tu no pierdes oportunidad de menospreciar a las personas que no son de tu agrado y obviamente mi esposa es una de ellas, pero no la subestimes tanto por que ella tiene su propia empresa y no le va mal y ahora en este momento ella es el sostén de mi familia"
- "Al fin una noticia alentadora, vas a ser mas independiente de nuestro clan familiar, pero decile que si va a seguir incursionando en el ramo textil que no visite los clientes de la familia, por que asi es muy fácil, vos le das la información y si los clientes no nos compran a nosotros, seguro que le van a comprar a ella y asi estas cubierto, es como jugar a punto y a la banca al mismo tiempo, nunca vas a perder, ganarás menos pero nunca perderás"
- "Ella tiene un excelente equipos de venta, no necesita que yo le de información"
- "Entonces ya que le va tan bien, y que se maneja de manera independiente de nosotros, por que no te da un crédito para cooperar con la familia y sacarte de este embrollo que te metió, por que no me vas a decir que en esta locura de las inversiones en bienes raíces, ella fue la que te manipuló para que entraras"
- "Vos sabés muy bien que fui yo el de la idea, ella siempre me acompañó, pero yo fui el de la idea para ver si podía de alguna manera independizarme de vos y de esta familia en la que siempre ocupé el papel de esclavo y no de un hijo. Siempre fui el segundón, y tu gozaste de todos los privilegios de primogénito, mi padre siempre se vio reflejado en vos, vos ibas a ser exitoso, vos estudiabas, yo tenía que estudiar y trabajar y asi lo hice en la empresa desde los doce años y sin parar y asi fui mamando lo bueno y también lo malo, y hoy al menos se lo que no quiero para mis hijos"

Estas palabras de Jaime y especialmente estas últimas provocaron un silencio que fue interrumpido por el sr. Koper que muy sabiamente dejó que el rumbo de la charla llegara hasta un punto que sólo él podía poner un paréntesis.

- "Por favor señores, esto es lamentable, vuestro padre nunca hubiera querido presenciar esta situación, y menos escuchar estas palabras de parte de uds., menos mal que Dios maneja los tiempos perfectos de la humanidad y hoy a pesar del dolor de su enfermedad no ha permitido que presenciara esta pelea entre sus hijos. Estos señores además no tienen por que estar oyendo estos improperios y también le deben algo de respeto también a su hermana que está presente. Les adelanto que si el tono de la conversación sigue siendo en este tono que hemos presenciado hasta el momento, yo me retiro. Lamento tener que llegar a esto pero no tengo otra alternativa. Tu que dices Raiza?"
- "Estoy totalmente de acuerdo por que yo no acepto ni una discusión mas, ya se lo prometí a mi esposo que desea que yo me mantenga al margen de todos estos problemas. Por que con esta actitud no vamos a solucionar nada y lo peor vamos a dejar pasar toda posibilidad de solución que se nos presente como puede ser este caso concreto"

Parecía que la palabra de Raiza erar tan respetada como la intervención del sr. Koper y éste utilizó todas estas armas en el momento preciso. Sin duda era un moderador que además conocía a toda la familia, sus fuerzas y sus debilidades. Fue sólo verle la cara cuando Jaime hizo su exposición resaltando su rol de segundón, sus ojos apoyaron los dichos de este hijo dolorido.

Nuevamente el sr. Koper tomó la palabra

- "yo creo que lo mas conveniente seria escuchar a estos señores, y en nombre de la familia y en el mio propio les pido mil disculpas de lo sucedido y les aseguro que no va a volver a suceder"

El ambiente parecía volver a la normalidad de la que nunca debio haberse apartado y dejaba atrás un escenario que jamás imaginaron tanto a Federico como a Jorge tener que presenciar.

Además esto había dejado una secuela y era que el optimismo con que habían acudido ambos a esta reunión se habia derrumbado.

Igualmente y como viejo gladiador en estas lides y obviamente con mas experiencia que su acompanante Jorge Benitez tomó las riendas de la situación:

- "Bueno, nosotros, el señor Federico Miraballes y yo, estamos en representación de una persona de nacionalidad uruguaya que tiene sumo interés en vuestra tienda, pero nos ha dado algunas líneas de la cual no nos podemos apartar y eso era lo que queríamos conversar hoy con uds."
- "y uds., tienen experiencia en tiendas de Duty Free Shop?" preguntó David Ya entrando en ambiente, Federico contestó
- "este señor, al cual nosotros representamos, está relacionado a empresas distribuidoras de perfumerías, tanto en Argentina como en Uruguay, en mi caso particular, trabajé como proveedor de estas tiendas en Uruguay y Jorge que ha trabajado con distribuidores importantes de perfumería y cosmética . Es decir quizás ud., nos puede objetar que nunca hemos estado "detrás del mostrador" como se dice comunmente y es verdad pero en los productos si tenemos experiencia, podemos decir que salvo los cambios de tendencias obvios, sabemos lo que se vende y lo que no funciona sin mucho margen de error"

Esta respuesta segura pareció convencer a David que se dio cuenta que estaba al menos sentado en frente a personas que tenían algún conocimiento del Mercado.

- "está bien, bueno mi hermano les habrá dicho lo que nosotros pretendemos en primera instancia de la venta de este negocio. Nosotros por la propiedad pedimos doscientos mil dólares que incluye en este precio la llave del negocio es decir la licencia de negocio de Duty Free parar que uds., puedan trabajar con todo el papeleo legal, solo hay que hacer el traspaso del negocio. hay en existencia unos cien mil dólares de mercadería. Es decir que el total de la operación sería de trescientos mil dólaes. Les puedo asegurar que ese negocio funcionando a full, hace una muy buena recaudacion diaria, nosotros le damos el negocio funcionando, ya mañana comienzan a rescatar dinero y nosotros nos sacaríamos un gran peso de encima"
- "Lo que sucede que parte del peso que uds., se sacarían sería un peso para nosostros y justamente lo mas que nos recalcó esta persona era que el no tenía ningún interés en adquirir la propiedad. No estaríamos discutiendo el precio de la propiedad, no, solo que ni entra en los cálculos de comprarla, por que ese dinero lo invertiría en mercancía y suena razonable"

- "es que el precio de la propiedad no se discute si es bajo, por que está por debajo del costo real en casi doscientos mil dólares, yo le puedo asegurar que esa propiedad hoy por hoy vale cuatrocientos mil dólares o mas, esta en el mejor punto de la ciudad, pero lo que este señor dice es cierto, es preferible invertir fuerte en mercaderia para rescatar el dinero invertido cuanto antes"

Cuando parecía haber pasado el clima enrarecido y en el ambiente se comenzaba a respirar aire de negocios, todo pareció volver al principio cuando David dirigiendo la mirada a su hermano menor y a su Hermana les dijo:

- "Vieron, estas personas no compra la propiedad y los entiendo y nosotros tenemos en la familia un genio que sin saber nada del negocio de bienes raíces se pone a construir edificios de apartamentos"

Al no haber respuestas del grupo aludido, David prosigue con los invitados a la reunión

- "y bueno entonces cual sería su propuesta?"
- "Nosotros nos quedariamos con la mercadería que entendemos que sea comercializable, estudiaríamos todo lo que es mobiliario, que es lo que nos puede servir, de acuerdo al proyecto de un decorador que trabaja para nosotros y les rentaríamos el local a un precio a convenir entre las dos partes"
- "uds. Tienen idea de cuanto sería la renta de una propiedad en ese punto de la ciudad?"
- "Nosotros averiguamos con inmobiliarias del área y nos dijeron que no deberíamos pagar mas de cinco mil dolares mensuales"

Mas razonable, y mas pensante en el negocio David comenzó a esbozar también su contrapropuesta al mismo tiempo que con la ayuda de Jorge y Federico iba repasando la oferta

- "O sea que uds., pagarían el stock que a uds., les interese. El mobiliario interno tendrían que ver lo que les sirve, que creo que si tienen alguna persona que los asesore, pueden y deben reformarla, o sea que sería muy poco lo que les puede servir, y entonces le agregarían el arrendamiento de la tienda y nada más. Tirando números sobre la mesa, de un inventario mercadería de cien mil dólares, supongamos que se quedan con la mitad, serían cincuenta mil dólares lo que uds., pagarían. Yo les propongo lo siguiente, para hacer mas atractiva esta operación también para nosotros, por que no se olviden que nosotros le estamos entregando también un nombre que vale o al menos yo tengo que valorizarlo y mañana mismo pueden comenzar a trabajar, que no lo hagan, insisto, no es mi problema, yo creo que uds., nos deberían abonar un año completo del arrendamiento del local mas los impuestos de la provincia y entonces estaríamos hablando de aproximadamente unos setenta mil dólares de renta e impuestos mas cincuenta mil de inventario que suma ciento veinte mil dólares que creo que sería un monto razonable para ambas partes, nosotros obtenemos una suma interesante y uds., desembolsan una cantidad bastante menor que si hubieran comprado la propiedad. Que les parece?"

- "La propuesta me parece justa pero tendríamos que consultar a la persona que nosotros representamos, si nos permiten un teléfono y ya lo hacemos" contestó Jorge mirando a Federico quien coincidió con su compañero en lo bueno de la propuesta.

- "Encantado – dijo el Sr. Koper invitando a ambos a abandonar la sala de sesiones – pasen a una cabina telefónica en el otro piso y asi hablan tranquilos"

- "solo les pido un favor – agrego David – si su representado esta de acuerdo, yo quisiera dejar toda la documentación firmada a mas tardar el proximo lunes, por que la semana que viene me voy de viaje y no estoy en Buenos Aires hasta dentro de quince dias"

Federico y Jorge entraron a la habitación que se asemejaba a una de esas habitaciones que se ven las películas policiales donde se lleva a los sospechosos para los primeros interrogatorios, con la diferencia que ésta estaba con mucha luminosidad.

Los dos estaban con sensaciones raras, parecían que estaban en visperas de un gran logro y al mismo tiempo ese posible logro estaba basado en un terreno bien frágil: un No de Beloquio y no había otra negociación posible, el camino estaba muy cerrado y no existía un plan B. La pelota estaba en su cancha y ellos además de jugar bien el juego debían encontrar al dueño del juego.

- "Llamalo vos que lo conocés mas que yo" le dijo Jorge a Federico

- "que te pasa, tenés miedo? Cobarde resultaste"
- "no tengo miedo, es que estoy en un estado de ansiedad terrible y además es cierto vos lo conocés mejor que yo"
- "yo también estoy ansioso pero esto hay que hacerlo, quizás sea más inconsciente que vos y por eso no me afecta tanto, además ya pasé por tantas malas que esta tiene que ser buena"
- "ojalá, cruza los dedos"

Después de dos intentos, Federico logra ubicarlo en el celular

- "Hola, Martín?"
- "Si, Martín habla, como le va Federico?"
- "muy bien, estamos en plena reunión nos han hecho una especie de contrapropuesta para lo cual necesitamos obviamente su aprobación"
- "Dígamela"
- "Nosotros de acuerdo a las instrucciones que ud. nos marcó, le explicamos que no teníamos interés en adquirir el edificio del negocio. Ellos insistieron y nos dieron un precio tentador de lo que nos saldría el local, pero que nosotros igualmente lo desestimamos. De ahi fue que surgió un fórmula que podría complacer a las dos partes. Este acuerdo seria asi: Según pudimos ver las facturas de compras de la mercadería que tienene en stock, nos podría interesar unos cincuenta mil dólares y el mobiliario actual no nos interesa. Entonces lo que ellos pretenden es que le abonemos un año completo de la renta del local que sería por los primeros cinco años de cinco mil dólares más impuestos por mes más el importe de la mercadería o sea que estamos hablando de aproximadamente ciento veinte mil dólares en forma conjunta y se cerraría el trato"
- "A ud., le parece que está bien?" consultó Beloquio que había permanecido en silencio mientras Federico hacia la disertación"
- "Mire anoche justamente estuvimos hasta altas horas de la noche con Jorge, examinando la facturación de la tienda en los últimos tres años y a pesar de todos los problemas que han tenido, las cifras no son nada desechables. Logicamente es una tienda que hay que traerle savia nueva y además trabajarla mejor y modernizarla que le hace bastante falta."
- "Ud., ya sabe mi pensamiento sobre eso, el que va a tener que trabajar es ud., y su amigo"

- "Sí, eso ya lo se"
- "ud., tiene que contestar ahora en la reunión?, por que me gustaría consultar con mis socios"
- "no lo quiero presionar pero, sí, tenemos que contestar ahora, nosotros estamos en una sala contigua a donde estabamos reunidos y es intención de ellos desprenderse de este negocio por que el problema ha surgido por el hijo menor que es el que administraba este negocio y quieren sacarlo cuanto antes del clan familiar"
- "y su amigo Jorge que piensa, por que el debe también arriesgar, no sólo por que trajo el negocio, esto no lo exonera de arriesgar opioniones al menos"
- "Él está ansioso igual que yo, lo tengo aqui al lado mío, quiere hablar con él?"
- "No, no hace falta, dejemelo consultar con uno de mis socios con Jorge Sampietro que lo tengo aquí al lado y si el da el OK, Marcelo no podrá dejar de acompañarnos por que somos dos contra uno"
- "ok. Aguardo en el teléfono"

Fueron no más de veinte segundos, pero el silencio en la habitación, más la ansiedad que invadía tanto a Federico como a Jorge, parecieron minutos. Si bien el instante no tiene medida, estos instantes precisamente representaban a la eternidad.

Sería la luz o la sombra la respuesta de Beloquio, era la apuesta quizás a una de las últimas esperanzas reales que tenía Federico de volver a creer en él mismo.

Sería volver a vivir, a ilusionarse, a soñar, o volver al mismo camino transitado desde hace tiempo atrás, el salir a caminar sin rumbo fijo, una mente en blanco sin producir nada nuevo, sumado a los reproches familiares, por sus fracasos que lo acercaban a un abismo que no quería transitar pero que indefectiblemente a allí iba y cada vez con menos fuerza para efrentarlo: la depresión

Todo esto pasó por la mente de Federico en estos momentos hasta que se interrumpió su pensamiento

- "Federico está ahi?"
- "sí, Beloquio"
- "Bueno, está bien acepte, pero eso sí hasta el martes no puedo ir a Buenos Aires a firmar el acuerdo"
- "Dejeme consultar a estos señores, no me vaya a cortar por favor"

Al borde de la histeria, Jorge le hacia señas a Federico para que le dijera algo de lo que estaba sucediendo con la conversación telefónica con Beloquio, al mismo momento que Federico tapa el tubo del teléfono para poder contestarle a Jorge.

- "Federico, decime algo"
- "quedate tranquilo, aceptó"
- "no lo puedo creer, se nos dio Federico, se nos dio, gracias a Dios"
- "solo hace falta un detalle, baja a la sala donde estabamos reunidos y deciles que Beloquio puede venir a firmar todos los papeles del traspaso de la tienda el dia martes, antes imposible"
- "ok. ya estoy yendo" y salió más que presuroso de la sala para reunirse con la familia Katz-Klein

En el mismo momento Federico retomó la conversación con Martín Beloquio

- "Hola, Martín, todavía está ahi?"
- "Sí"
- "le quería agregar que justo ayer como le dije que estuvimos analizando todo sobre la tienda, Jorge me dijo que íbamos a necesitar para el arrendamiento del local una garantía inmobiliaria o en dinero y el me dijo que ud., no se hiciera ningún problema que todo lo que se necesitara en la Argentina él lo proovería, aprovecho a decírselo ahora que Jorge bajó a confirmar el día martes para la firma del contrato"
- "eso me gusta, que se comprometa él también. Yo también aprovecho para decirle algo estoy en viaje a Montevideo con mi socio Julio por que tenemos una reunión con una persona que tiene un local rentado y la licencia para operar una tienda de Duty Free Shop en la ciudad de Barracayni pero no tiene capital para armar el negocio y bueno nos vamos a reunir para ver si podemos iniciar algo. Si veo que nos conviene, ya cerramos trato también, a propósito cuando se viene ud., para Montevideo?"
- "y si todo se desarrolla como pensamos, hoy de noche me voy en el medio de transporte que pueda"
- "si viene hoy, mañana nos tenemos que reunir por que esto se agranda a pasos agigantados y tenemos que ir viendo muchas cosas importantes y al mismo tiempo. Ud., me entiende no?"

- "Sí, por supuesto – hace una pausa para escuchar a Jorge – espere un momentito que ahi viene Jorge"
- "que te dijeron Jorge?"
- "que no hay problema, firman toda la documentación el día martes, si es en la mañana mejor"
- "Escuchó, Beloquio?"
- "Sí, sí el martes por la mañana a primera hora estamos en Buenos Aires, ud., viene conmigo, nos vamos en el primer avión, no hay problema"
- "Perfecto, espere un instante que Jorge quiere hablar con Ud."
- "Señor Martín, cómo esta ud.?" Dijo un eufórico Jorge
- "bien, bien, y ud., debe estar tranquilo también, salió todo más rápido que lo esperado"
- "Increible, señor Martín, al mismo tiempo que le agradezco haber confiado en nosotros, la transmito la seguridad de que esto va a funcionar muy bien, creo que hemos formado un muy buen equipo. Lo único que le pido es que más tarde o el lunes cuando se reuna con Federico me pase todos los datos suyos que los vamos a necesitar para formar la empresa en Buenos Aires, para arrendar el negocio y comenzar a funcionar. No se preocupe que yo tengo el abogado para que nos represente"
- "Yo confío plenamente en Federico y ahora en ud., por lo que ya le dije a Federico, uds., son los que tienen que trabajar y ponerle el pecho a todos los problemas que vayan surgiendo. Uds., son la cara visible de la empresa. Además hable con Federico que le pase un dato que puede ser interesante"
- "OK, pero ud., quédese tranquilo, que está todo bien, muchas gracias por todo"
- "Ok, nos estamos hablando"

Ya en un ambiente mas distendido Federico retoma su humor que era una de sus caracteríticas que estaba perdiendo por la suma de acontecimientos negativos en su vida

- "Terminala, por favor, con "quedese tranquilo" señor Martín, "quedese tranquilo" señor Martín dejá de ser tan alcahuete y ponete a trabajar, vamos a confirmarle a esta gente que el Martes por la mañana estamos todos aqui para firmar toda la documentación"
- "Como te agrandaste ahora que el patrón dio "luz verde"

- "No se si estoy agrandado o no, lo único que se es que te vas a pagar un almuerzo de primera clase en un restaurant cinco estrellas de Puerto Madero, no me vengas con el verso de que me vas a llevar al restaurant que acostumbraba ir Maradona y que se yo mas versos que me hacías antes, no me interesa donde iba ese muchacho, quiero ir al mejor restaurant de Puerto Madero, almorzar tomándome un escocés y brindando al final con champagne, a lo grande"
- "Ya estás gastando a cuentas, no comenzamos a trabajar y ya estás gastando, pero te voy a hacer el gusto"

Con la satisfacción de haber podido llegar a buen Puerto y con buen pie a las negociaciones, se despidieron de esta particular familia Katz-Klein, del siempre amable y cordial señor Kope, el que nunca perdió la compostura – digno de admirarlo como manejó la situacion familiar – y después de un suculento almuerzo donde Federico pretendía que fuera, se dirigieron al aeropuerto de Aeroparque por que ya Federico quería llegar urgente a Montevideo.

En ese trayecto Federico le comentó a Jorge lo de la posibilidad de poder también manejar una tienda en la ciudad fronteriza de Barrachayni y éste quedó estupefacto.

- "Por favor Federico, a este tipo hay que cuidarlo más que a mi madre"
- "totalmente de acuerdo"
- "Viste el otro día cuando te llamé y me tomaste el pelo irónicamente *"wauuu que te fuiste lejos"*, me dijiste. Ahora ya vas a poder decir que vas a trabajar para una tienda en Ushuaia y decime la verdad, nunca te pasó por tu cabeza el tener esa oportunidad"
- "y vos que vas a poder decir – que tenés un amigo uruguayo que consiguió un hombre de negocios y lo convenció de que invirtiera dinero en un lugar tan remoto como Ushuaia"
- "es verdad, en eso tenés razon, por que crees que te llame a vos?, por que vos sos un laburante, inteligente, Buena gente......"
- "no necesitás alcahuetearme, no me gusta, además yo se lo que soy y lo que dejo de ser"
- "mama mia, como decia mi padre, lo que voy a tener que aguantarte trabajando contigo!!!"

Con este presagio que se cumpliria en un futuro no muy lejano y en este clima cordial, Federico llego al aeropuerto y logró embarcarse en el avión de las seis de la tarde para llegar a Montevideo alrededor de las seis y cuarenta y cinco.

Viernes nueve horas de la mañana, visperas del fin de semana ! vaya semana !!, ya estaba Federico esperando a Beloquio en la puerta de la oficina quien se hizo presente quice minutos mas tarde.

- "perdone la demora, pero hoy viernes el tránsito estaba más pesado que de costumbre"
- "no se preocupe, hacía poco tiempo que esperaba, yo tengo la costumbre de que prefiero esperar y no que me estén esperando, ese era un sano consejo de mi mama"
- "y contento?"
- "Por supuesto"
- "sabe una cosa Federico?, estoy asombrado de lo rápido que se han desarrollado los hechos, tengo la sensación de que los negocios estaban ahi, esperándonos a nosotros"
- "no me ponga nervioso, esta hablando en plural y dice "negocios", a que se esta refiriendo?"
- "Sí, los negocios, me refiero a lo que lograron uds., en Buenos Aires y nosotros en Montevideo. Como le dije ayer un amigo me presentó a un señor, quizás ud., lo conzca se llama Ricardo Nupive"
- "no, nunca lo oi nombrar"
- "bueno, este señor es el hermano mayor de cuatro, su papá falleció hace ya cerca de cuatro años. Había arrendado un local, enorme en Barrchayni y conjuntamente había comprado una licencia para poner una tienda de Duty Free Shop, pero lo que no tiene es capital y además no tiene ni la más mínima idea de este negocio. Ayer cuando ud., me llamó veniamos con Julio a reunirnos con el a Montevideo pero me llamó para ver si nos podiamos reunir en Barrachayni y seguimos cuatrocientos kilometros más y pudimos ver "in situ" el local y la ubicación. El local es bien grande y se va a necesitar una inversión importante para dejarlo en buenas condiciones. Igualmente le dije que podiamos hacer un convenio de explotación conjunta. Él estaba con su abogado el Dr. Julio Tiwisu.

Todos le encomendamos que confeccionara un borrador para estudiarlo y la semana que viene después de firmar lo de Ushuaia, nos dedicabamos a estudiarlo, pero Federico, hagase a la idea de que también vamos a contar con esa tienda. Ya hablamos Julio y yo con Marcelo mi otro socio y estamos todos de acuerdo"

- "No bien tengamos datos de esa tienda, más los datos de la tienda de Ushuaia tendríamos que ir recopilando toda esta información y confeccionar una buena carpeta para presentar a los proveedores en la próxima convención anual de la industria de Duty Free internacional en Orlando. Ud., sabe que es imprescindible asistir a esa convención"
- "en que fecha es esa convención?"
- "generalmente es en marzo, recién estamos en Enero pero hay que ir pensando en todos esos detalles"
- "Sí, todavía falta pero tiene ud., razón hay que ser precavidos e ir organizándose Igualmente le reitero, todo eso es trabajo suyo y ahora de su amigo, no cuenten con ninguno de nosotros. Apareceremos en lo que sea estrictamente necesario"
- "eso lo tenemos bien claro tanto Jorge como yo"
- "a propósito de su amigo, tengo una consulta para hacerle, ud lo conoce verdaderamente?"
- "Por que me hace esa pregunta? Mi conocimiento viene por que cuando yo trabajaba para las perfumerías Apowistem, Jorge era asesor de las mismas, tengo un buen trato, me ha invitado a su casa, tiene una familia bien constituida, según me cuenta tiene algunas propiedades, tiene un campo, bastante grande que lo tiene arrendado a unos ganaderos, tiene su quinta en Luján, pero no tengo mas datos sobre él"
- "lo que sucede es lo siguiente: en Argentina se va a formar una empresa en la cual el cincuenta por ciento obviamente sería de él ya que él va a querer eso y es lógico por que el asumirá también sus riesgos y el otro cincuenta por ciento sería para nosotros. Cualquier inconveniente que sucediera nosotros con el cincuenta por ciento quedaríamos bloqueados y sin margen de maniobra por que las dos partes tendríamos el mismo poder o sea tendríamos partes iguales. Él puede ser y ojalá así sea una excelente persona pero yo no lo conozco para nada"

- "tiene ud., razón Martín, sinceramente no había pensado en eso, déjeme pensar, algo se me va a ocurrir"
- "ud. me entendió?"
- "si perfectamente"

Era sumamente razonable lo explicado por Martín Beloquio, además tenía plena conciencia de que él debía defender siempre y a cualquier precio al grupo que integraban Beloquio, Julio Sampetrio y Marcelo Santos, eso no debía olvidársele nunca y desde que se lo planteó, no dejo de pensar en como solucionar eso, antes del día martes, se encomendó a la Virgen como siempre lo hacía en casos difíciles y mientras ordenaba unos papeles en su nuevo escritorio se le ocurrió algo que no le pareció mala idea, sólo faltaba la aprobación de Beloquio.

- "Haber...... haber...... se me ocurrió algo en este preciso momento sr. Beloquio"
- "lo escucho"
- "Para mi su grupo tendría que tener mas porcentaje en esa sociedad digamos aunque mas no sea un minimo del uno por ciento y ahi se romperia la igualdad. Y si a uds., le resulta violento planteárselo a Jorge, ud., pone ese uno por ciento a nombre mío y yo lo único que hago es firmar los papeles pero mi parte siempre va a ser suya y entonces ahi uds. tendría asegurado el cincuenta y un porciento y siempre estarían defendidos sus intereses. Qué le parece?"
- "muy, pero muy buena idea, se los voy a decir a mis socios, por que eso era lo único que nos frenaba un poco ésta decision"
- "la idea de ponerme a mi no es obligatoria, si ud., tiene a otra persona de su confianza o a un familiar, lo pone a ellos, yo le doy la idea, ud., la instrumenta como quiera"
- "No, mi familia siempre debe estar fuera de estos negocios. Hacemos asi como dice ud., aquí tengo los datos que me pidió Jorge, pásele también sus datos y explíquele por que de su incursió en la empresa. Esto además se lo aclaro a ud., por si su amigo se lo pregunta. Yo firmo toda la documentación por que mis socios no pueden aparecer en empresas argentinas por un problema de impuestos, nada mád, no de más explicaciones"
- "ok. No hay problema"

Fueron quince dias increibles. Se firmó el acuerdo con la familia Katz-Klein y en la misma semana Beloquio y sus socios llegaron a un acuerdo – al cual nunca tuvieron acceso ni Federico ni Jorge – con Ricardo Nupive por la tienda de Barrachayni.

Se inició la empresa en Argentina, de la manera que Federico lo había ideado en el tema de los porcentajes de las acciones.

Se rentaron oficinas en la Zona Franca Internacional por que era el lugar idóneo para dirigir todas las operaciones que se realizarian a partir de ahora con todos los proveedores internacionales y para proveer de estas zonas a las tiendas.

De esta manera Beloquio cerró las oficinas que tenía en el centro de Montevideo y se mudó a las flamantes oficinas en dicha zona comercial.

Una cosa muy importante para Federico el haber acordado con Beloquio y sus socios el salario inicial que fue fijado en mil quinientos dólares mensuales hasta que las tiendas comenzaran a fucionar. No bien se produjera la aperatura de las mismas, automaticamente el salario se duplicaria, acuerdo que dejo conforme a todas la partes.

Todo estaba funcionando y a las mil maravillas.

Capítulo 6

El destape inimaginable

La afinidad entre Martín Beloquio y Jorge Benitez había crecido enormemente en un mes y pocos días, desde que se habían conocido en la ciudad de Colonia, habían pasado bastante tiempo juntos por los trámites de formación de la nueva empresa en la Argentina filial de FRACOS TRADING, lo que los unió más aun, y esto a Federico lo había comenzado a inquietar. No eran problema de celos, sino de que veía que los roles de cada uno de los protagonistas se iban cambiando y además esos cambios no eran para bien ni para la empresa en general ni para él en particular por que se originaban en percepciones subjetivas de uno con respecto al otro y según Federico eran percepciones no con fundamentos reales.

Por un lado Jorge Benitez se veia eufórico por que había encontrado un interlocutor con mucho dinero, aparentemente por que esa era la apariencia del Sr. Martín Beloquio, y poder de esa manera desarrollar algunos de los proyectos soñados por él pero que no había podido cumplir por falta de capital. Eso lo haría poderoso ante todo aquel que negara su capacidad de generar negocios.

Por el otro lado estaba el propio Martín Beloquio que había caído rendido ante la experiencia de Jorge Benitez ya sea como agente de compras y conocimiento de los proveedores internacionales de productos para este tipo de tiendas.

Ambos eran conscientes de su seducción del uno por el otro y además se sumaba la presencia del contador Mariano Garcia que con su locuacidad ya conocida por Federico lograba también amalgamarse al equipo mencionado.

Federico veia cada vez mas comprometido su espacio de poder en el grupo y además el contador parecía ser hasta el momento la única pieza leal con él, en todo este mecanismo.

Además la actitud de Federico, más crítica a determinadas líneas que se tomaban en el proyecto, sus opiniones mas realistas que la de los demás muchas veces no solo no contaban sino que eran mal vistas. Todo esto llevo que poco a poco fue percibiendo un desplazamiento encubierto para con su persona.

Trató de hacer una especie de Puente con alguno de los socios de Beloquio pero era un círculo muy cerrado y ninguno de los otros dos socios se opondría al lider de ese grupo: el propio Beloquio

Federico comenzaba a pensar de que en la mente de alguno de estos protagonistas o en todos flotaba la idea de "para que nos sirve Federico?" y eso lo amargaba muchísimo porque daba la vida por este proyecto. Lo hacia sentir que una vez mas estaba solo.

Lo que no sabía ni Federico ni los que pensaban prescindir de él, era que esa soledad sumado a su honestidad sería el factor clave para su éxito personal.

Esta sensación de soledad se agravó cuando Federico viajó junto con Jorge Benitez a la ciudad de Orlando a la Convención anual de la Industria de los Duty Free donde el propio Beloquio en una de sus tantas actitudes soberbias que comenzaron a serle común le confió tres mil dólares a Jorge Benitez para gastos del viaje y a Federico le dio doscientos dólares de viáticos para la estadía que no iba a superar una semana.

Federico había hecho un trabajo previo con mucho esmero y prolijidad, logrando un folleto en ingles y en español sobre ambos proyectos de tiendas, sobre la reforma de la de Ushuaia y sobre la nueva de Barrachayni, con planos de la tienda con las medidas de la misma y de como se distribuirían los lineales de estanterias, los productos que pensaban vender, etc.

Incluso todas las reuniones previstas en la convención con los distintos proveedores habían sido concertadas por el propio Federico el cual ya tenia un listado con los días y horas ya confirmadas de las mismas.

En definitiva un trabajo muy prolijo que incluso fue halagado por algunos de los proveedores menos por Beloquio y Jorge Benitez.

El primero le observó hasta algunos términos en inglés utilizados en el folleto, un idioma que no dominaba en absoluto y que además ignoraba que Federico habia pedido para su traducción la ayuda de un amigo profesor de inglés para sentirse seguro de que estaría bien confeccionado. Evidentemente su soberbia no tenia límites

Jorge Benitez por su parte intentó restarle importancia al trabajo de Federico

- "La verdad que te quedó bastante bien la presentación pero que querés ganar con eso:fama, todo eso que vos hacés es teoría, lo importante es lo que le puedas sacar a los proveedores y en eso vos estás muy lejos, te falta mucho"
- "Y sí en eso tenés razón, lo que pasa que yo siempre estoy aprendiendo, y esa experiencia que me falta tanto de quien la tengo que aprender? Por qué aquí en la convención no te veo hablar con nadie, me conocen más a mí que a vos" fue la respuesta un poco sarcástica de Federico
- "bueno .... lo que pasa es que yo hace algunos años que no vengo y la gente se olvida de uno, o la gente que yo conocía no trabajan más en las compañías, que se yo. Además hay que cuidarse no podés hablar con todo el mundo como haces vos. Hay que ser discreto"
- "lo que sucede es que yo no soy paranoico"

Estas actitudes sumadas a otras aisladas iban confirmando en Federico su idea cada vez mas fuerte de que tarde o temprano quedaría desplazado de aquel grupo. Ya sentía la sensación de que aunque quisiera hacerlo, la única pieza que parecía que seguía siéndole leal – el contador Mariano Garcia – no tendría la fuerza necesaria para cambiar esta tendencia.

Esas actitudes aisladas comenzaron a ser cada vez más frecuentes y eran muy significativas, por ejemplo que Jorge Benitez venía muy seguido a Montevideo y muchas veces Federico se enteraba por alguna de las secretarias Claudia o Leticia las respectivas secretarias de Beloquio y Julio Sampetrio que contrariamente a todo lo imaginado habían comenzado a ser confidentes con Federico en algunos temas vanales como podría ser pasarle este tipo de información.

Además ya no se alojaba en hotel como las primeras veces sino que era recibido con todos los honores de huésped especial en la lujosa residencia del propio Beloquio.

Incluso hacían viajes sorpresas – vaya a saber para que – a Ushuaia, incluso un viaje de negocios a Sudáfrica y ni se lo comunicaban a Federico, él se enteraba siempre por la misma fuente de información: sus secretarias.

Beloquio ya no valoraba en nada el trabajo de Federico y ya no se inhibia de elogiar en público y delante del propio Federico a Jorge Benitez.

Cuando Federico contactaba o llegaba a un acuerdo primario con algun proveedor, lo primero que hacía Benitez era buscar un competidor directo.

Según el:

- "para que compitan entre ellos y nos ofrezcan mejores precios. En esto de las compras me tenés que dejar a mí, vos laburá en lo demás por que de esto no entendés nada" – había sentenciado Benitez delante de un proveedor y de Beloquio el cual como era de esperar lo apoyo plenamente.
- "ud., Federico hágale caso a Jorge, y de esa manera nos beneficiamos todos, ud., no esta acostumbrado a trabajar en equipo" le había sentenciado

El propio proveedor en cuestión que había presenciado estos hechos y que conocía a Federico y a su familia, le dio vergüenza ajena y lo esperó a que éste saliera de las oficinas de la Zona Franca Internacional y se ofreció a llevarlo en su auto hasta el centro de la ciudad donde vivía Federico.

Federico le agradeció pero prefirió eludirlo con una mentira – "va a pasar un amigo a buscarme mil gracias igual" Él también estaba avergonzado.

El proveedor acercó más el auto y le dijo:

- "Federico, perdone que le diga esto pero me dio mucha rabia lo que sucedió en esa reunión. A ud., lo conozco desde hace muchos años y no merece que nadie lo trate asi. Ud., es un caballero y que este pasando por un mal momento no quiere decir que no siga siendo una persona honesta. Yo voy a dar un informe negativo de esta empresa y no le van a abrir una cuenta facilmente. Se lo aseguro. Y ud., va a ver que en poco tiempo ud., se va a reir de todo esto. Esta gente no le va a ir bien"

La profecía se cumpliría al pie de la letra.

Otra muestra de esta arrogancia era que cuando Federico le pasaba a Beloquio las solicitudes de pedido realizadas a los proveedores para su aprobación, éstas eran demoradas sin aprobar lo que causaba malestar en los proveedores.

Estos argumentaban que si recién comenzando las operaciones ya tenían éste tipo de problemas, que sería cuando la empresa comenzara a tener mas peso en el Mercado.

Además no era la relación que Federico aspiraba a tener con todos ellos.

En cambio los pedidos que realizaba Jorge Benitez desde Buenos Aires, se autorizaban sin más trámite y en un tiempo prudencial la mercadería llegaba a los depósitos de la empresa en la Zona Franca Internacional.

Otra vez la complicidad de las secretarias ayuda a Federico a enterarse de por que sucedía esto. Pues muy fácil el sr. Martín Beloquio enviaba todos los pedidos que realizaba Federico a la consideración de Jorge Benitez.

Lo que en un principio le costo creer, la realidad le confirmó los hechos.

Un lunes por la mañana Federico al llegar a las oficinas encontró encima de su escritorio una carta que decía:

> *Montevideo, 2 de abril de 1997*
> *A partir de la fecha todas las compras o pedidos que se realicen por la empresa*
> *tienen que estar autorizados por el señor Jorge Martinez*
>
> *Saludos atentamente*
>
> *Martin Beloquio   Jorge Benitez*
> *Presidente Gerente   Comercial*

Esta era la oficial desvinculación de Federico del grupo de élite de la commpañia, parecía que no habría marcha atrás.

Esto llenó de ira a Federico que con la carta en la mano se dirigió al escritorio de Beloquio. Cuando entra, sin pedir el más mínimo permiso, ve que está Jorge Benitez sentado en el lugar del mismísimo Beloquio. Había venido esa misma mañana desde Buenos Aires y tapando el tubo se dirige a Federico diciéndole:

- "sentate querido Federico que ya termino"
- "quiero que me expliques ya que significa esta carta" dijo enfáticamente Federico tirándola encima del escritorio que estaba con su cara desencajada y furioso. Esta contestación obligó a Benitez a cortar la comunicación telefónica.
- "lo único que te puedo decir que es para mantener un orden, por que hay muchos pedidos y a Beloquio hay que ayudarlo, no hay que hacer gastos superfluos"
- "mirá Jorgito, a mi no me vengan con estupideces por que esta carta tiene un destinatario bien claro, con nombre y apellido y no soy tan idiota como vos y Beloquio pueden pensar, esa carta esta dirigida a

mí y ninguno de los dos va a enseñarme a cuidar el dinero de otros, en eso les puedo dar clases a los dos"

- "bueno justamente eso no es lo que Beloquio piensa de vos y el es el dueño de este "circo"
- "que querés decir con eso?"
- "por si no lo sabias, Beloquio a vos no te tiene confianza y además vos tendrías que estarle agradecido a Beloquio que te dio este trabajo, y debiéndole el dinero que le debés, tenés el atrevimiento de calentarte por esta carta"
- "Cómo?, él te dijo eso?"
- "Sí, él me lo dijo querido, que debías dinero de los impuestos y él te tuvo que ayudar por que estabas muerto de hambre"

Federico se sintió herido en lo más íntimo y casi desvanecido se dejó caer en uno de los comodos sillones que rodeaban la sala. No sabía que hacer, ya estaba fuera de este círculo y eso era una realidad, sólo le faltaba saber si el único integrante de este clan que él pensaba que le seguía siendo leal, verdaderamente lo seguía siendo.

Fue a la cafeteria del edificio y pudo hablar con el contador Mariano Garcia y logró confirmar lo que queria saber. El contador le juró que no estaba enterado de nada de nada sobre esta maniobra.

Eso lo tranquilizó un poco, de que le servía esta aseveracion del contador? Solo de una cosa de que aun mantenía una persona infiltrada y de su amistad en el clán, aunque los dados y su suerte parecían estar echados.

Lo que él no sabía que pensar ésto último era un gran error

Cuando cortó con el contador, entra a la cafeteria Jorge Benitez y acercándose a Federico le dice:

- "vení, vamos a tomar un café y nos tranquilizamos un poco, a mí no me gusta trabajar así de esta manera, yo quiero ayudarte, yo te aprecio, lo que sucede - creo yo - es que vos tenés mucho que aprender, primero tenés que aprender a trabajar en equipo, vos querés tener fama rapidamente y como dice el tango, la fama es puro cuento"
- "que hijo de p......, ya me parecía que que este tipo no era buena gente" dijo Federico sin prestar atención a lo dicho por Benitez y sin aceptarle la invitación.
- "que decís, te salva la vida y decís eso de él, tranquilizate no hagas nada que puedas arrepentirte más tarde"

Federico siguió sin escuchar nada de lo que le decía Jorge Benitez en defensa de Beloquio y salio raúdamente de la cafeteria del complejo comercial a las oficinas de la empresa.

Tenia una sensación de impotencia que le habían dejado los hechos, tenía sed de venganza, sentía desprecio por estos personajes.

Pero Beloquio no iba a venir hasta la tarde y eso le daba tiempo para tragarse parte de este trago amargo pero lo más importante estaba por venir: debía elaborar una estrategia inteligente que lo ayudara a tomar la mejor decisión para ese momento, sin lugar a dudas.

Si estaba solo verdaderamente debia actuar solo y eso sería la base de la estrategia, la cual debería tener una gran dosis de cinismo e hipocresía pero de cualquier manera era la única estrategia que podía presentar.

En primer lugar, la deuda que el tenía con Beloquio estaba documentada y la tenía que pagar con trabajo por que no tenía dinero para hacerlo. Cuando comienzen a operar las tiendas, el recibiría mejor salario y de ahí pagaría la deuda.

Como consecuencia de lo anterior, la deuda seria una "garantía" de trabajo para él. Si presciden de él simplemente, Beloquio no cobraba la deuda.

Claro que esto tenia clarososcuros, es decir en determinado momento Beloquio podría decir pierdo lo que me adeuda pero me libero de pagarle más salario, además si bien la deuda estaba documentada, la promesa de aumento de salario era un acuerdo verbal no escrito, y Federico sabía muy bien aquello de que "las palabras se las lleva el viento" y además todos estaban convencidos de que el negocio iba a funcionar y si tomaban la decisión de prescindir de Federico, al poco tiempo nadie se iba a acordar de él.

Todo eso también pasaba por la cabeza de Federico

Pero en este momento habia un tema que obligaba a Beloquio y a Jorge Benitez a contar con la presencia de Federico y era el conocimiento que tenia Federico de todo lo que tenía que ver con la negociación comercial y bancaria con el exterior (cartas de créditos y otras documentaciones) Federico representaba para la empresa en estos temas el esfuerzo que podrían hacer dos o tres personas. Ese era el verdadero capital de él.

El descubrimiento de este capital en su haber se lo debía al gerente del banco TransContinental de nombre Manuel Emxesi, un señor ya pasado los sesenta años y que se sentía orgulloso de su impecable carrera dentro del banco donde había comenzado de limpiador y hoy era el gerente. Este señor siempre le recordaba a Federico:

- "Federico, ud., sabe de negociación de comercio exterior y de documentación bancaria más que yo. Ud., tiene sólidos conocimientos en cartas de créditos, negociaciones off shore, back to back. Muchos empleados de este banco no tienen ni idea de alguno de estos temas. Hágalo valer eso en la empresa donde ud., trabaja, por que eso tiene un gran valor, que quizás ud., no se de cuenta"

De ahora en más iba a ser su garantía de trabajo al menos hasta que Dios lo quisiera

Inciando su nueva e hipócrita actitud, la misma caracterización que interpretará en la empresa a partir de este momento, llevó a Jorge Benitez hasta el aeropuerto en la tardecita del mismo lunes y lo hizo tan calmo como si no hubiera sucedido nada, incluso después del incidente de la cafetería habían trabajado en varios proyectos y Federico habia mantenido la misma actitud y sin tocar el tema.

Regreso a las oficinas de la empresa en la Zona Franca Internacional, tomó sus cosas y se despidió del Sr. Beloquio que recién había arrivado a las mismas

- "Cómo estuvo el dia de hoy Federico? se vio con Jorge? trabajaron juntos?" preguntó Beloquio
- "Sí, fue un día muy productivo, estuvimos coordinando algunos pedidos y le confirmamos las órdenes a los proveedores" contestó Federico
- "yo pasé por el banco para hablar con el gerente, su amigo, ese de nombre dificil Manuel......"
- "Manuel Emxesi"
- "exacto, fui a retirar un dinero que necesitaba y me confirmó que habían salido autorizadas cinco cartas de crédito por un monto de aproximadamente cuatrocientos setenta y cinco mil dólares. Son las que presentó ud., el día jueves, me extrañó que ha hubieran sido autorizadas, pero este señor lo tiene a ud., como un ejemplo, me dijo que siempre le pregunta quien confecciona las solicitudes y si es ud., el que las hace las autoriza inmediatamente y las pasa a la sala de corresponsales del banco por que dice que nunca tienen observaciones para hacerles. Este señor lo aprecia de verdad"
- "y a veces ni uno se da cuenta de lo que realmente vale"

Federico lanzó un mensaje que no pudo confirmar que Beloquio lo asumiera o al menos lo entendierea y con esa última frase se retiró de la oficina.

En el camino hacia la casa, sentado en el bus que lo llevaba al centro de la ciudad iba pensando en todo lo que había vivido en este primer dia de la semana.

Una cosa que le llamaba poderosamente la atención era esto último que le había comentado Beloquio sobre la autorización de todas las cartas de créditos.

Cuando él presentó todas las solicitudes de Cartas de Crédito al banco el día jueves, el mismo gerente le habia informado que aparentemente en ese momento en la cuenta no habia fondos y por lo tanto dichas cartas de crédito se autorizarían sólo cuando hubiera en las cuentas cantidad suficiente de dinero para respaldar esas cartas por que el banco no iba a autorizar préstamos o créditos a la empresa por que el sr. Beloquio nunca habia querido presentar ninguna garantía real de respaldo como podría ser un inmueble. Y eso también le había parecido raro a Federico por que según tenía entendido Beloquio era propietario de varias propiedades.

Pero lo mas raro era que de la noche a la mañana el mismo gerente le informaba a Beloquio que estaban autorizadas todas las cartas de crédito por un valor cercano al medio millon de dólares. Que extraño era todo eso.

De todas las opciones que le pasó por la cabeza se quedó con una explicación un tanto lógica: Beoquio no iba a poner el total del dinero a invertir en la cuenta de la empresa, lo iría depositando a medida que se fuera necesitando. Parecía lo más razonable. "Cuando yo presenté las cartas de créditos, él hizo el traspaso de una cuenta, posiblemente del exterior, a la cuenta de la empresa y hoy fue al banco a confirmar que se había hecho el traspaso, así habría sucedido y entonces el banco autorizó las cartas de créditos respectivas y congeló los fondos para las mismas". Esto era lo mas lógico y cerraba la operación normalmente.

Pasaba el tiempo y el ambiente se volvía más hostil en contra de Federico.

Incluso hubo una actitud de Beloquio que despertó en Federico un sentimiento que nunca antes lo habia experimentado: un profundo odio contra este personaje, que lo hizo olvidar por un momento de la actitud hipócrita que había asumido y que no debía abandonar.

Era junio ocho y Federico no había cobrado su salario mensual que estaba pactado hacerlo antes del cinco de cada mes. Además el mes de junio era muy especial para Federico por que era el mes de su cumpleaños.

Eran las seis de la tarde y ya no había nadie en la empresa y decide llamar al cellular de Beloquio para ver si había posibilidades de cobrar su salario.

- "Sr. Martín, perdoneme que lo moleste pero lo llamo por que estoy necesitando cobrar mi salario en el dia de hoy y como ya son las seis de la tarde y no lo vi a ud., en todo el día, decidí llamarlo"

- "Justo hoy? No puede ser otro día?"

- "lo que sucede que estamos ya a ocho, tengo que pagar la hipoteca del apartamento, además este mes es mi cumpleaños y tengo algún gasto extra y no se porque a toda la gente que trabaja en la empresa desde los encargados del depósito hasta las secretarias les pagan los salarios el primer dia del mes y a mi me dejan para lo último. Sería mas justo que al menos un mes me toque cobrar a mi primero"

- "y ud., todavía cumple años, deje de gastar dinero y dedíquese a hacer cosas productivas" la respuesta abusiva y soberbia de Beloquio no se hizo esperar, al mismo tiempo que Federico sintió risas en el teléfono provenientes del entorno de aquel.

- "lamento interrumpirlo, veo que esta en una reunión"

- "Que reunión!! Voy en el auto del senor Ricardo Nupive y además estoy con su amigo el contador"

- "mandeles saludos"

- "En este preciso momento me llevaban a buscar mi auto y me iba para mi casa, pero ahora ud., me complica, tengo que sacar el dinero de un cajero automático por que no tengo ese dinero en mi casa y además tengo que ir para la oficina. Ud., no puede ir para mi casa?"

- "Ud. Sabe que eso es imposible, no hay bus desde aquí hasta su casa y a esta hora ya no tengo a nadie que me haga el favor de llevarme"

- "pues entonces si tiene tanto apuro tendrá que esperarme que llegue a la oficina en dos horas"

- "no me importa, lo espero aqui"

Obviamente el diálogo no fue cordial, los dos quedaron molestos pero Beloquio siguió el tema con sus acompañantes casuales

- "este tipo, siempre que llama es para pedir plata, o por su sueldo, o por que llaman del banco, es insoportable, ya no lo tolero"

- "pero es un buen tipo - acotó Ricardo – además vos siempre me decias que era tu mano derecha, que era un fenómeno con todos los trámites bancarios, con los trámites aduaneros, también con las operaciones de importación y exportación etc.y ahora que pasó? por que cambiaste de opinión"
- "Si eso es verdad, pero lo que sucede es que yo soy el único que lo sabe manejar a este tipo. Yo con una mano lo levanto y lo pongo donde yo quiero ponerlo y con la otra mano lo bajo y lo pongo en el suelo, donde tiene que estar. No le parece contador? Que le pasa que esta callado? Es por que estoy hablando de su amigo?"
- "es que a mi Federico me resulta una persona inteligente" acotó el contador, el único leal a Federico hasta el momento.
- "Inteligente? Por favor contador, es muy fácil ser inteligente con el dinero de los demás, asi cualquiera es inteligente"

La soberbia de Beloquio nunca habia estado tan expuesta como en este momento y un silencio profundo embargó el carro de Ricardo.

Como lo habia prometido, alrededor de dos horas después de la conversación telefónica con Federico, cerca ya a las ocho de la noche Beloquio arriba a la oficina y no bien entra le tira el dinero sobre el escritorio de Federico

- "aqui tiene su salario"
- "que esté reclamando mi salario que me lo gané con creces y que ud., sea el dueño de la empresa no le da derecho a que me tire el dinero"
- "lo que sucede es que me da ira que sea ud., siempre el que me esté pidiendo dinero"
- "no se a que se refiere, si es dinero que yo le pido a ud., es para gastos de la empresa o como en este caso reclamando mi salario y si se refiere al dinero que me presto y para lo cual yo se lo documenté firmando un conforme de pago, ud., me lo ofreció y me insistió para que lo recibiera, para que dedicara todo mi esfuerzo a pensar en generar negocios para ud., cosa que he hecho hasta el día de hoy. A propósito de este préstamo suyo, yo creí que era de caracter reservado y resulta que no perdió la oportunidad de comentárselo a Jorge Benitez y quien sabe a quien más"
- "y bueno es un integrante de la empresa, y ud., no me aclaró de que no se lo comentara a nadie"

- "pero igual eso no le daba derecho a comentarlo. Esto era un acuerdo tácito entre caballeros y solo lo sabíamos tres personas, ud., el contador y yo"

Con un duro portazo Federico se retiró de la empresa sin dar oportunidad a la respuesta de Beloquio. Lo que si estaba confirmado era que toda esta suma de acontecimientos hacían de la relación entre Beloquio y Federico extremadamente compleja y ya no la disimulaba ni la actitud hipócrita de este último

Inesperadamente al otro día bien temprano, estando ya Federico como de costumbre en las oficinas de las empresas, Beloquio lo llama para concretar una reunión a última hora de la tarde, alrededor de las siete de la tarde.

Por un momento llegó a pensar que Beloquio le pediría disculpas por la grosería que habia cometido de tirarle el dinero y que se recompondría la dañada relación y de alguna manera eso lo conformaba y lo alentaba.

Pensó que había recapacitado, que si era una persona inteligente a nadie le servía ese tipo de relación etc. incluso llegó a pensar de que él también tendría algo de culpa por que como cada vez que tenían la oportunidad de hacerlo tanto como Jorge Benitez y el propio Beloquio le reclamaban que él no sabía trabajar en equipo y quizás ese sería un defecto en el cual tendria que trabajar para corregirlo.

!! que equivocado estaba, que iluso !!

De todo lo analizado sobre Beloquio se olvidó de algo importantisimo y es que este señor era la soberbia personalizada

Mas tarde de lo prometido, cerca de una hora de retraso Beloquio se hizo presente en las oficinas de su empresa y con un indisimulado nerviosismo.

- "Federico, hay un tema que me tiene muy preocupado y sobre eso quiero hablar con ud., nosotros vamos a tener una tienda en Ushuaia y otra será la de Barrachayni. Si bien la administración de las dos estará en nuestras oficinas, la primera sera dirigida por un integrante de nuestra empesa que vive en Buenos Aires o sea Jorge Benitez, pero la otra tienda, que además que va a ser una megatienda por lo que vamos a tener que invertir muchos más dinero, no tendremos a nadie de nuestra plena confianza y además la administración sera combinada con la persona que tiene la licencia del negocio o sea Ricardo Nupive. Por eso se me ocurrió una idea que se la quiero plantear en este momento y es la siguiente: a ud., no le interesaría tomar la gerencia de la tienda de Barrachayni?, y continuaría además dedicado a realizar los trámites de importación etc..

No tiene porque contestarme en este momento, pero si acepta tendría que estar viajando todas las semanas para controlar las obras de construcción que tenemos que acelerarlas mucho más y además encargarse de todo lo referente a una apertura de negocios etc."

- "realmente, me toma de sorpresa, pero tendría que hacerle una pregunta muy importante, cuando se abra la tienda yo me tendría que ir a vivir a esa ciudad?"
- "y si, eso es lo aconsejable en estos casos, estos negocios hay que manejarlos desde adentro y no a cuatrocientos kilómetros y por control remoto"
- "si yo aceptara y me tuviera que mudar, la empresa me tiene que conseguir una casa, pagarme la renta y amueblarla, por que yo no voy a desmantelanr mi casa para mudarme a la frontera"
- "tampoco va a querer tener una mansion de lujo"
- "al menos algo decoroso, no voy a ir a vivir peor que como vivo aqui en la capital"
- "Esta bien, eso lo hablaremos en su momento, piénselo y me contesta. Eso si no deje pasar mucho tiempo por que este tema hay que resolverlo cuanto antes. Fíjese que estamos en junio y yo creo que la tienda de Barrachayni, la estaríamos abriendo a fines de agosto, a más tardar principios de setiembre"

Federico quedó descolocado y a traspié con esta oferta, tendría que replantearse su estrategia? No lo sabía pero al menos debia estudiar muy en serio esta nueva situación,

Sin duda la movida en el tablero había sido sumamente inteligente y realmente acertada, en definitiva brillante.

Evidentemente Federico molestaba y era conflictiva su presencia en las oficinas y como Jorge Benitez tenía cada vez más influencia sobre Beloquio lo convenció facilmente de que ofrecerle la gerencia de la megatienda a Federico era la mejor solución por que si no habría que nombrar a un gerente de afuera de la compañia, un extraño, e incluso la otra solución era peor para los intereses de Beloquio y era que Ricardo Nupive mombrara de gerente a una persona de su confianza lo que además de una una superposición de salarios innecesaria en ambos casos, en este último haría perder todo control de Beloquio sobre su inversión.

Federico se tomó su tiempo y lo analizó con su familia. Tenía dos importantes contratiempo. Por un lado su mujer no le agradaba mudarse a la frontera, pero reconoció que no tenía otra opción, el otro inconveniente era su único hijo:Nestor

Era un adolescente de catorce años hijo de su primer matrimonio y que hacía poco tiempo habia decidido ir a vivir con la familia de su papá.

Al mudarse de ciudad su mamá insistiría en que volviera con ella. Cuando Federico le comentó a Nestor de la propuesta ofrecida, solo atinó a decir:

-   "Justo ahora Papá, justo ahora que había logrado tener una familia"

Otro golpe más a un corazón abatido - el de Federico – pero era el precio de la necesidad

Esa noche se le sintió llorar.

Ya tenía la respuesta afirmativa a la propuesta de Beloquio. Vendría bien un cambio de aire, la ciudad no era muy atractiva pero valía la pena el esfuerzo.

Casi eran las siete de la tarde, Federico estaba aun en las oficinas cuando entra muy nervioso Beloquio y como una tromba se dirige a su oficina. Federico lo siguió para informarle de su aceptación de la propuesta y aprovechar a despedirse para llegar temprano a su casa.

-   "buenas tardes, sr. Beloquio, permiso"
-   "pase y siéntese - contestó Beloquio mientras trataba de entrar en alguna pagina web en la computadora de su escritorio y como no podía hacerlo realizaba una llamada telefónica que parecía muy importante- estos servicios que ofrecen los bancos, cuando uno más los necesita, menos los puede usar, por que siempre pasa algo, o se cae el sistema, o están actualizando datos, o la printer no tiene papel, etc. Tienen un 0800 para atención al cliente y uno no puede conversar con nadie, es una computadora que le contesta y justo ahora me dice: *en este momento por problemas de mantenimiento del sistema no podemos dar ninguna información, deje su número de teléfono y nos comunicaremos con ud.a la brevedad"*

- "lo que son los adelantos en materia de comunicación" dijo un sorprendido Federico
- "que adelantos ni adelantos si no puedo conseguir la información que necesito. Bueno vamos a lo nuestro, analizó la propuesta que le hice?"
- "Sí, lo pensé y acepto la propuesta"
- "Entonces a partir de la semana que viene, va a tener que comenzar a ir a Barrachayni"
- "está bien"
- "ahora lo dejo por que vine por su respuesta y para obtener esta información y me tengo que ir sin obtenerla. No olvide que con esta propuesta se la abre una oportunidad muy buena, no la deje escapar"

Federico no le dio importancia a esto último que le dijo Beloquio por que lo tomo como otras de sus tontas intervenciones que sólo eran consecuencia de querer dejar a su paso la idea de que él dominaba todo el espectro del negocio como nadie era capaz de hacerlo.

Antes de retirarse fue al baño y pasó a retirar su abrigo al closset de los empleados y en ese momento como por arte de magia la printer comienza a funcionar y ve que se están imprimiendo unas hojas . No había nadie en la oficina mas que él, no habia nadie obviamente usando la computadora, podría ser un fax del exterior.

Mientras se abrochaba el abrigo, desconectaba la cafetera sirviéndose el último café del día, y no encontrando explicación a esta situación, se dirigió por curiosidad a la máquina y la sorpresa fue mayúscula cuando se dio cuenta que lo que la máquina estaba imprimiendo provenia del banco. Controló la computadora de Beloquio y vio que debido a su impertinencia y nerviosismo se había retirado sin salir de la web. Obviamente tampoco la apagó para no despertar ninguna sospecha de una persona paranoica y desconfiada como lo era Beloquio.

Contrariamente a lo que pensaba Beloquio, los adelantos tecnológicos funcionaban, algunas veces había que tener paciencia, una cualidad que este señor no conocía.

La hoja marcaba 1/7 o sea que aun faltaban seis hojas para completar la información y decidió esperar.

Tomó hoja por hoja y se llevó la información para leerla tranquilo en su casa

Tenía todo el fin de semana por delante para revisar esta información pero el mismo viernes por la noche comenzó a hacerlo sentado en su asiento preferido del living de su casa.

Habían transcurrido casi tres horas y estaba convencido de que esa realidad superaria cualquier fantasía. Coincidían algunas cantidades, como la cantidad de inicio de la cuenta, obviamente las sumas relacionadas con las cartas de créditos al exterior, fletes, también la deducción de los gastos de servicios bancarios etc.

Cada movimiento que Federico recordaba su origen, era tildado con un marcador. Al finalizar de revisar hoja por hoja se da cuenta que quedan sin marcar algunas cifras de montos increibles.

Por ejemplo el día que fue sorprendido por la autorización de las cinco cartas de crédito por casi medio millón de dólares, más precisamente por la suma de cuatrocientos setenta y cinco mil dólares ese día la cuenta recibió la suma de dos millones setecientos cincuenta mil dólares.

Esa maniobra fue fácil de entender por parte de Federico: se recibió el giro del exterior, el banco congeló el importe de las cartas de crédito y Beloquio giró quien sabe adonde la suma de dos millones doscientos setenta y cinco mil dólares

En ese momento se generó el inicial déficit que será la causa fundamental del futuro fracaso de Beloquio por que llegará el momento que no lo podrá reponer. Pero eso sólo Beloquio lo sabía.

A los pocos días recibió en el transcurso de una semana dos nuevas cantidades de dinero muy importantes, la primera por tres millones cuatrocientos cincuenta mil y otra por cuatro millones trescientos mil . En ese momento aprovechó a completar la primera operación y giró al exterior el dinero que faltaba completar y a los dos días inició el giró de la nueva remesa.

En la diferencia entre lo que recibió del exterior y lo que giró se constantaba obviamente el déficit original más otras cantidades que supuestamente Federico entendía que serían gastos bancarios y seguramente una comisión que se reservaba Beloquio por realizar estas operaciones. Calculadora en mano y sacando cuentas entre el debe y el haber Federico había calculado que esa comisión seria del orden de un uno por ciento y esa suma se la reservaba el mismo Beloquio en su cuenta.

Luego hubo otro giro recibido de un millón setecientos mil dólares que siguió los mismos pasos: se prestó a cubrir el déficit arrastrado, se reservó la comisión, se acreditaron los gastos bancarios y se giró el sobrante al exterior.

Era fácil de deducir que el déficit originado en la primer operación a raiz del pago de las cartas de crédito seguiría hasta que lograra reponerlo con fondos propios que deberían producirse o de esas comisiones que cobraba o también dependerían de cuanto antes comenzaran a producir las tiendas una vez abiertas.

Habia hecho una especie de cuenta corriente o carrousel o la tan mentada y conocida "calesita", muy usada en ámbitos financieros. El problema que se avecinaba era que después del ese último giro ya no se había recibido más dinero y quizás esto fueran los origenes del nerviosismo de Beloquio.

De todas maneras en un término de unos pocos meses habían pasado por la cuenta de la empresa la modesta suma de más de doce millones de dólares

Igualmente seguían habiendo algunos puntos oscuros que si bien había jurado de que no le interesaría de donde provenía el dinero para los negocios de la nueva empresa, pronto desechó ese compromiso por que igual ese juramento no tenia testigo asi que podia ser violado y fue asi que comenzó con una discreta investigación.

Habia algo bien claro y era que ese dinero no pertenecía ni a Beloquio ni a sus socios, también estaba claro que Beloquio se reservaba una comisión por ese trabajo que Federico no sabia si lo compartía con sus socios y eso podría ser un arma a utilizar por este último en alguna situación especial y para saciar su sed de venganza contra aquel señor.

Al mismo tiempo Federico era escéptico con respeto a conseguir resultados por que si en los países del primer mundo con la utilización de métodos sofisticados les resultaba dificil muchas veces detectar maniobras ilegales, que podría hacer él si descubría algo, quizás hasta corriera peligro su vida.

Tenía dos dudas: una de ellas era que no creía que Beloquio fuera lo suficientemente inteligente o audaz como para montar y estar al frente de este tipo de maniobras y la otra duda que lo atormentaba era si Jorge Benitez estaba al tanto de estos movimientos de dinero. Lo tendría que averiguar.

El otro protagonista de esta historia, el contador Mariano Garcia, seguro que no sabía nada, se lo hubiera contado

Capítulo 7

El comienzo del fin

El primer contacto con Barrachayni ya había culminado y venía de regreso a la capital, en el último bus del sábado por la noche para arribar a la ciudad en las primeras horas de la mañana del día siguiente.

Del "chino" Daniel no tenía noticias desde el anterior día que supuestamente iba a ser llevado a su casa en total estado etílico, viajaba con un recuerdo grato de la imagen de Marcia que lamentablemente había muerto, aquella linda brrasileña dueña del mejor cabaret de la frontera ya no alegraría las noches solitarias de camioneros sin destinos que vagabundeaban por la frontera buscando carga para su sustento y el de su familia.

Pero su mayor preocupación estaba en "su secreto" de estado: investigación. El lunes y martes estaría en Montevideo y esa misma noche viajaría a Barrrachayni llegando el miércoles por la mañana. Esa sería su rutina semanal desde que aceptó tomar la dirección de la megatienda de la frontera.

Ya en el primer viaje a la frontera se había dado cuenta de que si les había pasado por la cabeza tanto a Jorge Benitez como a Martín Beloquio que esta decisión lo podía perjudicar, muy lejos de esa realidad se encontraba Federico, quien ya en la primera visita comenzó a tomarle el gusto a lo que sería su nuevo destino, quien sabe por cuanto tiempo.

Al llegar a la oficina el día lunes por la mañana y revisar sus llamadas en la contestadora de su escritorio, solo encuentra una importante y es la del gerente del banco don Manuel Emxesi que había insistido tres veces en su intento de ubicar a Federico.

- "quizás sea mi día de suerte" pensó, y al mediodía se retiró de la oficina rumbo al banco justo a la hora de su apertura al público donde fue inmediatamente recibido por el gerente
- "Perdone Federico mi insistencia, pero me extrañó que no me llamara por que ud., es de las pocas personas que siempre devuelve las llamadas, entonces decidí hablar con algunas de las chicas que trabajan con ud., y me informaron que ahora ud., viaja todas las semanas al interior, más precisamente a la frontera a la ciudad de Barrachayni"
- "exactamente, así es", contestó Federico y siguió conversando con el gerente explicándole el nuevo rumbo que había tomado su vida, que había asumido la gerencia de la megatienda de la frontera, que se mudaría para ese lugar, etc, todo mientras se dirigían a un escritorio privado al cual sólo tenían acceeso algunos clientes especiales del banco.
- "pase, cierre la puerta y tome asiento Federico" lo invitó el gerente
- "! Que hermoso despacho!" exclamó Federico
- "son algunos privilegios que aun me quedan en este banco, después de haberle dedicado toda mi vida y lo aprovecho para recibir no solo clientes importantes sino a la gente que aprecio como ud."
- "muchas gracias, don Manuel, sé que lo dice de verdad"
- "quiere tomar un café"
- "Sí" asintió Federico
- "lo estuve llamando por que tengo dos letras de crédito para el exterior que tienen unas observaciones y necesito que uds., autoricen por escrito levantar esas discrepancias para que sus proveedores cobren el importe de las mismas en su banco"
- "son importantes las observaciones?"
- "no, en absoluto, las dos son de trámites, una es por que se les venció la fecha de embarque y necesitan que uds., les autorizen una prórroga y la otra es por que uds., solicitaron que en la factura de embarque se discriminaran los valores de los gastos internos, el flete y el seguro de la mercadería por que es una factura CIF (12) y ellos no lo hicieron de esa manera, pero ellos corrigieron y presentaron una carta de disculpas. Incluso con la firma suya ya basta, no necesito la firma del sr. Beloquio por que no cambia nada sustancial"
- "no hay problema, yo tengo en mi poder cartas con membrete de la empresa y si me permite una computadora le confecciono las cartas y dejamos eso arreglado"

- "Perfecto, Federico, que fácil es trabajar con personas como ud." Y todo quedó solucionado rápidamente

Federico aprovechó la oportunidad y bromeó con el gerente

- "No crea que tanta efectividad no le va a costar nada a ud.,, tiene tiempo?"
- "todo el tiempo del mundo"
- "entonces abusando de su amabilidad, le voy a preguntar algo. Ud., me podría explicar como funciona el servicio que uds., ofrecen que creo que se llama "Specialbank" o algo asi"
- "si, pero si ud., me hace una promesa, algo muy serio"
- "Por supuesto, sr. Miguel"
- "sólo se le enseña el sistema a los dueños de la cuenta, no se por que a ud. le tomé tanta confianza pero por favor no demuestre a nadie, absolutamente a nadie ningún indicio de que ud., sabe algo de este sistema. Me juego mi puesto, por que hoy está restringido sólo a los dueños de las cuentas y en caso de empresas a los que el directorio de la misma autorice y si esa persona se retira de la empresa, se resetea todo el sistema de esa cuenta. En el caso de Fracos Trading la única persona que maneja este sistema es Martín Beloquio, ni sus socios tienen ese privilegio"
- "haber repítame eso, sr. Manuel, en Fracos Trading la única persona que maneja este sistema es Martín Beloquio, y ni sus socios tienen ese privilegio?"
- "Sí"
- "y como está tan seguro?"
- "por que en primer lugar él me dijo que iba a ser así y por otro lado por que a mí personalmente me apasiona todo esto de los adelantos tecnologicos y le aseguro que soy un gran investigador y muchas veces investigo y tengo algunas claves que me permiten investigar y saber quien opera en estas cuentas y hasta ahora siempre estan entrando al menos desde la misma computadora y supongo que entonces estaríamos hablando de que la persona que entra al sistema siempre es la misma y hasta ahí puedo ver, no puedo entrar a la cuenta ni decifrar la clave pero el sistema detecta si se entra de otra computadora con la misma clave, no interviene en nada, deja trabajar a la persona por que usan la clave correcta, es para los efectos de si surge algún problema en el futuro pero nada más. Yo descubrí eso

urgando en el sistema pero nada más, hasta ahí puedo llegar. Yo no
puedo ni saber ni los movimientos ni lo que hay depositado"
- "que interesante" comentó un atónito Federico que descubría que
no iba a estar solo en todo este tema
- "obviamente no es cien por ciento seguro, por que piense que el sr.
Beloquio le comente a otra persona el sistema y le facilite la clave"
- "eso no lo creo por que este tipo desconfia hasta de su sombra,
menos – asi creo – de Jorge Benitez que pasó a ser su mano
derecha en todo y es el único que desconfío que puede haberle
pasado la información, aunque me extraña que sus socios ignoren
esa información Que tipos raros que son estos. Pero vayamos a lo
nuestro, explíqueme como funciona"
- "bueno efectivamente el sistema se llama "Specialbank" y es similar a
lo que tienen todos los bancos hoy en día en el mercado financiero,
solo tiene que tener una computadora, ipad, teléfono celular,
teléfono convencional, o un fax, o cualquier cosa que se invente que
tenga acceso a redes. Cuando ud., entra a la web de nuestro banco
hace un click en ingresos y ahi aparece un menú de donde ud.,
quiere ingresar: cuentas bancarias, negocios, banca privada, tarjetas
de crédito, hipotecas, préstamos etc. y en la última opción ud., tiene
un link que dice "cuentas de uso restringido" y ese link es el que se
debe usar.

Al hacer click, le va a exigir su clave y ahi ya es un escollo por que el
banco le da espacio para la clave de cinco dígitos elegidos exclusivamente
por el banco y que ni el cliente los puede cambiar más trece dígitos que
pueden ser alfanuméricos teniendo al menos seis números o pueden ser
todos números y estos si obviamente elegidos por el cliente.

Luego entrará en esa cuenta de uso restringido y podrá obtener toda
la información que ud., quiera. La diferencia con las demás cuentas es la
inaccesibilidad ya que el banco se reserva como le dije esos cinco dígitos que
agregan más seguridad a la cuenta por que sólo determinado nivel gerencial
tiene acceso a la información por ejemplo yo que soy un gerente de una
sucursal, no tengo acceso"

- "pero cómo ud., no tiene acceso a toda la información de la cuenta?,
cómo por ejemplo ud., autorizó las cartas de crédito, cómo pagan los
cheques que emite la empresa, además el cheque tiene un número
de cuenta impreso, cada vez entiendo menos"

- "por eso es restringido el uso de la cuenta sólo al interesado. Sobre las solicitudes de cartas de crédito, éstas funcionan de la siguiente manera, uds., las pesentan y nosotros autorizamos su trámite, entiendame bien sólo el trámite y si esta todo en orden con relación a su confección entonces la pasamos al departamento de importación-exportación y cuando las entran en el sistema, si el dinero está listo en la cuenta ya sea por fondos propios o por un crédito se autorizan automáticamente, en caso contrario habrá que esperar que entren fondos y cuando esto se produzca también ahí automáticamente la carta de crédito seguirá su curso. Y así lo mismo con los cheques y con respecto al número impreso en el cheque que coincide con un número de cuenta, el sistema detectará que ese número pertenece a una cuenta de uso restringido y lo hará corresponder al numero de cuenta del que hablamos anteriormente al de diez y ocho dígitos en total"

- "Resumiendo la cuenta de Fracos Trading, según sus averiguaciones sólo la maneja el sr. Martín Beloquio, es una cuenta de manejo restringido y nadie más que él puede saber todos sus movimientos. Es así?"

- "efectivamente"

- "me quedan un mar de dudas sobre todo esto, me surge ahora una pregunta por ejemplo: Cualquier cliente puede tener este tipo de cuenta?"

- "No, por supuesto. En primer lugar se hace un estudio exhaustivo, de la persona si es individual o de la persona autorizada si es el caso de una empresa, además no olvide algo muy importante que si bien existe el secreto bancario en nuestro sistema bancario se pide ante nada autorización al Banco Central y además se le hace firmar al cliente un contrato especial por el cual se le informa que ante la posibilidad de algún pedido judicial automáticamente se congelará la cuenta y se le informará a la justicia todo lo que ésta solicite"

- "Y el sr. Beloquio firmó ese contrato? Y además pasó todas las pruebas?"

- "Por supuesto Federico, en esto no hay excepciones"

Mas que un día de suerte para Federico, se había transformado en un día en el que había logrado juntar una cantidad enorme de información que en lugar de aclararle el camino como había pensado, lo había sumergido en una probable desilución. Sería mucho más difícil encontrar la información que buscaba aunque en el fondo pensaba que con otro golpe fortuito podía tener éxito.

Mientas pensaba todo esto con la mirada un poco ida en el espacio, el gerente interrumpió sus pensamientos preguntándole:

- "en qué piensa Federico?, tiene algún problema?, lo veo realmente preocupado, si quiere puede sincerarse conmigo, si ud., lo desea, si me tiene confianza"
- "Gracias, sr. Manuel, de más está decirle que yo lo aprecio mucho, yo quizás no soy de hacer grandes relaciones amistosas por que tuve una experiencia nefasta con unos de mis mejores amigos, el cual me clavó un puñal por la espalda como decimos comunmente y de ahí para adelante quedé temeroso de relacionarme con nuevas amistades, pero ud., es una persona que le tengo confianza y eso es ya muy importante para mi.

Con mi familia no cuento por que soy muy reservado con ellos, soy de la idea de que no debo preocuparlos para nada y entonces se me reduce cada vez más mí círculo. Con ud., es distinto, quizás por la diferencia de edad, ud., me da tranquilidad y además la posibilidad de desahogarme, por eso le agradezco su ayuda"

- "me permite que le interrumpa, Federico, quiere otro café?"
- "Sí, por favor"
- "a propósito Federico, cuantos años tiene ud."
- "cuarenta y tres años"
- "Yo ya tengo sesenta y cinco años y hoy podría tener un hijo de treinta años, y quizás sea por eso que me siento muy bien hablando con ud., por que me hubiera gustado que mi hijo fuera como ud."
- "muchas gracias pero......... que pasó con su hijo?"
- "era un chico brillante, pero las juntas, los amigos y las drogas, aunque nunca sabré cual era el verdadero orden de estas causas, pero fuera como fuera lo llevaron a la muerte"
- "era su único hijo?"
- "era mi único hijo barón pero gracias a Dios tenemos una hija que se imaginará junto a mis nietos que ya me dio cuatro − tres varones y una nena − son la luz de nuestras vidas iluminando los espacios oscuros de la misma, pero prosiga con su relato, por favor"

- "bueno sucede don Manuel, que este sr. Martín Beloquio se me presentó de una manera y ahora es efectivamente otra persona, es un soberbio y mal educado, además veo que nunca está conforme con nada de lo que hago"
- "le tengo que reconocer Federico, que efectivamente este tipo es raro, es sumamente raro, y hay muchas cosas que no me gustan de él, es una persona que cuando le habla no le mira la cara, y menos los ojos, es una persona totalmente insegura, de ahí que sea desconfiado como dice ud., pero además Federico, en esa empresa nadie sabe nada, si ud., no estuviera en la empresa me da la impresión de que nadie solucionaría nada. Tiene un par de chicas que trabajan ahi que no las conozco personalmente, parecen muy simpáticas, se sus nombres Claudia y Leticia, pero pobres chicas no tienen ni idea de lo que están haciendo y le hice este comentario a Beloquio y me dijo, que eran empleadas suyas y que él no podia hacer nada y con esa respuesta me dejó desconcertado"
- "eso le contestó?"
- "Sí"
- "que atrevido" – dijo Federico, lanzando una carcajada que contagió al mismo sorprendido sr. Manuel
- "que le causó tanta gracia?"
- "la respuesta de Beloquio, pero esa es otra historia, ahora tengo cosas mas importantes que resolver, otro día con tiempo hablamos de ese asunto"
- "me estaba contando que estaba decepcionado de Beloquio"
- "ud., no lo podrá creer pero ha originado en mi un sentimiento de odio contra él, que gracias a Dios, ahora voy a pasar casi toda la semana en la frontera pero además........"

Hizo una pausa, respiró y pensó si contarle sobre la investigación que sin quererlo habia comenzado hacia unos dias

- "ademas qué? Federico"
- "a ud., no puedo dejar de contarle algo que me come el cerebro, sucece que el otro día ....

Don Manuel lo escuchó atentamente después de cerrar hermeticamente la sala y al finalizar el relato le dijo:

- "no se imagina, Federico la tranquilidad que me ha dado"
- "Por qué?"
- "Por que yo también comencé a detectar algunas situaciones que me hacen sospechar de que se esta manejando dinero de terceros, cartas de créditos presentadas, no autorizadas por que no había dinero, y a los dos o tres días autorizadas como por arte de magia. Ahora ud., me muestra el estado de cuenta de tipo restringido y veo esas sumas importantes de dinero que entraron y salieron de la misma pues más me aferro a esa hipótesis. A mi no me importa el origen del dinero no es mi negocio pero como le dije antes soy observador y me gusta investigar y a veces surgen cosas imprevistas e impensables. Pero había algo que sí me preocupaba y era que lugar ocupaba ud., en todo esto, sinceramente no quería sentirme defraudado por ud."
- "en eso puede estar tranquilo sr. Manuel por que no lo defraudaría a ud., por que lo estaría haciendo conmigo mismo"
- "me alegro muchísimo, pero déjeme preguntarle cual es su interés en descubrir algo, en obtener alguna prueba?"
- "mi único interés en todo esto es obtener pruebas si es que las hay de que puede haber alguna malversación de dinero"
- "eso puede ser peligroso Federico. Ud., no puede saber con quien se esta metiendo"
- "Sí lo sé, pero si estamos en lo cierto de nuestras sospechas, quiero obtener las pruebas. Como le dije anteriormente este hombre me ha despertado sentimientos desechables como este odio que le siento y que nunca me pasó antes con ninguna persona. Creo que el poder obtener pruebas podría transformar ese sentimiento en algo útil para la sociedad como sería desenmascarar algo ilícito"
- "yo no lo puedo ayudar Federico, me estaría jugando mi puesto, le pido por favor que sea sumamente cauteloso y piense antes de actuar, yo le puedo ofrecer sólo una ayuda y es que ud., me consulte cuando vaya a actuar para ver si puedo yo quedar comprometido, entonces le pediría que no lo hiciera"
- "lo único que le pido que siga jugando en mi equipo"
- "siempre jugaré en su equipo pero con responsabilidad"
- "yo quiero que me ayude en lo siguiente. Piense con atención todo lo que le voy a decir y repasemos juntos todo los pasos hasta el dia de hoy: Por mera casualidad yo obtuve en la printer de la empresa

siete hojas con el resumen de la cuenta de la empresa que es de tipo Restringido y hemos detectado que hay cifras de dinero que han entrado, y a los pocos días han salido en importes menores hacia el exterior, siempre al mismo destino a una cuenta que hasta el momento no nos interesa y que solo sabemos que el destino final son los Estados Unidos. Al mismo tiempo deducimos que por esa intermediación se le reserva una comisión que sería del uno por ciento y que quedan depositados en la cuenta mencionada. Pero que en la fecha que se autorizaron las cartas de crédito por casi medio millón de dólares, se uso parte de ese dinero el cual fue utilizado para pagarle a cinco proveedores distintos y eso suponemos que si no estaba previsto, generó un déficit por lo que no se pudo girar el total del dinero que debía hacerse a Estados Unidos y de ahi en más como se cortó el trasiego de dinero siguió ese déficit pendiente"

- "Imaginamos que efectivamente así fueron los hechos, tal cual" aseveró el atento gerente

- "ahora viene lo mas dificil: Tenemos todos esos datos pero yo quiero que esos datos no sean algo efímero, que logre una vez obtenerlos y después nunca más, no, yo quiero estar informado de todo estos movimientos por que serían un importante cúmulo de pruebas que yo podría obtener y poder utilizar en un futuro, quien sabe con que finalidad pero pruebas al fin y al cabo"

- "bueno esos son sus deseos pero ahi yo no lo puedo ayudar"

- "Sí, que puede"

- "De qué manera?"

- "siga mi razonamiento: si yo quisiera obtener de nuevo acceso a esta información, tendría que entrar en esta cuenta de contenido restringido, por que no hay otra manera de conseguirla, por que solo puede obtener informacion el Sr. Beloquio, ni ud., podría hacerlo si quisiera"

- "correcto"

- "pero para entrar en esta cuenta se necesita conocer una clave que esta compuesta por cinco dígitos que los elige el mismo banco y por trece dígitos más que pueden ser alfanumérico y de ser así deben de tener al menos seis dígitos numerales, o ser todo el codigo numérico es correcto?"

- "exactamente"

- "Entonces, ud., con su experiencia me puede ayudar solamente y es lo único que le pido que me ayude en este punto"

- "pero de que manera Federico?, eso es como descubrir una aguja en un pajal"
- "pero con sus años de experiencia ud., debe tener un glosario de fórmulas para formar una clave, aunque lo más dificil será sin duda descifrar los primeros cinco dígitos que los proporciona el banco"

Cuando Federico dijo esto vio en la cara del gerente una mirada distinta, como que esto último era lo menos que le preocupaba e inmediatamente contestó.

- "yo creo que está ud., en un error"
- "por qué?"
- "por que creo que ud., ya lo tiene el número clave que proporciona el banco, déjeme ver nuevamente esas hojas que ud., logró imprimir con el resumen de la cuenta − cosa que Federico accedió de inmediato proporcionándole al gerente las hojas − mire aquí en la última hoja al pie de la misma hay un numero 95137★★★★★★★★★★★★★, lo ve?, tienen un tamaño más pequeño que el de los demás números. Pues yo le diría a ud., con un noventa por ciento de seguridad de que ese tendría que ser el número del banco y los asteriscos serian los restantes trece dígitos de la clave que los proporciona el cliente. Me la juego que es asi."
- "pero como ud., se dio cuenta de ese número? Ud., es un genio"
- "yo le dije, soy observador por naturaleza, y desde que ud., me mostró las hojas, me quedó grabado ese número"
- "Dios mio, ud., tiene una vista más rápida que la luz, ojalá esté ud., en lo cierto"
- "le juro que es algo superior a mi, algo que no se explicar que me hace ver cosas que otros no lo ven"
- "entonces más a mi favor, ud., me tiene que ayudar a resolver el enigma de los otros dígitos"
- "la clave está en hacer una lista con nombres relacionados con el sr. Beloquio en este caso en particular, por ejemplo los nombres de los integrantes de su familia, su mujer y sus hijos, fechas de nacimiento de los mismos, no el cumpleaños de él, por que el banco justamente recomienda no usar la fecha de nacimiento del titular o del autorizado para entrar en la cuenta, incluso se lo digo como experiencia, pero no se si este es el caso, muchos hombres ponen nombres o fechas de cumpleaños de sus amantes o secretarias etc."

- "todos estos datos son muy importantes, se que no es fácil pero me van a ayudar"
- "Tendrá que tener mucha paciencia y ser persistente. Lo único que le pido es que cuando tenga que venir a hablar conmigo con respecto a este asunto, por favor llámeme y yo le digo el día y la hora para vernos, por que yo debo cuidar todos mis pasos, tengo que ser prolijo en todos mis movimientos. Sinceramente no se por que me estoy involucrando con ud., pero bueno ya le di mi palabra y lo voy a ayudar en lo que pueda, pero no me pida más de lo que yo pueda darle"
- "quédese tranquilo que no abusaré de su gentileza. Sólo le puedo decir que haga de cuenta que esta ayudando a su hijo y se sentirá mejor. Con respecto a los días que nos podríamos ver le recuerdo que yo voy a estar solamente los dias lunes y martes en Montevideo, asi que solo esos días podríamos vernos si es necesario"
- "ok. Lo tendré en cuenta. Le recomiendo que si no tiene nada para hablar de este tema ni se preocupe de venir al banco. Ud., haga todo en forma natural, si viene al banco por otro trámite, nos saludamos normalmente sin despertar el mínimo de sospecha de que tenemos algo en común"
- "lo entiendo perfectamente"
- "le deseo mucha suerte y que Dios lo ayude a encontrar lo que ud., quiere, si es que le parece que le servirá de algo y le pido una última recomendación:guarde esta documentación y todo la que consiga al respecto y no la lleve consigo"
- "Sí señor y muchas gracias por todo"

Con un fuerte apretón de manos se separaron cada uno a proseguir sus vidas por caminos distintos pero ambos ya formando parte de una asociación de hecho que los transformaría a los dos en cómplices de esta historia.

Ya eran cerca de las tres de la tarde y antes de salir del banco llama desde su cellular a la oficina donde lo atiende Leticia la supuesta secretaria de Julio Sampietro.

- "dónde está Federico?, no lo vi en todo el dia, ni tampoco llamó, yo esperaba verlo hoy"
- "hay algo para mi?"
- "no, Beloquio me pregunto por ud., pero igual hoy no viene a la oficina, viajó al interior. Regresa mañana. Yo le dije que me imaginaba

que estaba en el banco por que el viernes el gerente lo había llamado varias veces"

- "efectivamente, acabo de terminar una reunión con el gerente del banco"

- "el sr. Beloquio sólo quería saber como le había ido en la frontera y también lo llamó Jorge Benitez desde Buenos Aires pero dice que no era nada importante"

- "ok., mejor asi"

- "Ud.Viene para la oficina?"

- "Sí, pero más tarde, necesita algo?"

- "no, yo estoy esperando a Julio para que me lleve, me dijo que llegaba en media hora"

- "ok. Entonces nos vemos mañana"

- "hasta mañana"

Era obvio que si Beloquio no estaba en la capital, tampoco su secretaria, y si Sampietro pasaba a buscar a su secretaria en media hora, la oficina estaría toda disponible para Federico que trataría de aprovechar para hacer los primeros intentos de descifrar los dígitos de la cuenta.

Estando ya en su escritorio en la oficina de la empresa recordó una película que había visto ya hacía algún tiempo donde un jacker lograba robar identidades y claves secretas y tenía además de una infinita paciencia un método bien sencillo pero al mismo tiempo muy efectivo.

Tomaba como base los ocho conjuntos de letras que forman del número dos al nueve en cualquier teclado telefónico.

Es decir al número dos le corresponden las letras ABC, al número tres DEF, al número cuatro GHI, al número cinco JKL, al seis MNO, al siete PQRS, al número ocho TUV y al número nueve WXYZ.

Luego basaba su método en el uso de reglas de probabilidades matemáticas y aplicaba sus conocimientos y entonces elegía las víctimas y averiguaba nombres de su esposa, hijos, secretarias, amantes, fechas de cumpleaños o aniversarios etc., entonces combinaba letras o números con en el teclado telefónico y de esa manera le adjudicaba y probaba varios números y asi combinación tras combinación la mayoría de las veces lograba su objetivo.

Federico no era tan sofisticado en sus procedimientos, una de las razones por que no tenia tanto tiempo pero ahora él sería el jacker, seria el protagonista de la película real que estaba viviendo.

Comenzó esta investigación usando su intuición. Supuestamente ya tenía los primeros cinco dígitos proporcionados por el banco, creía en la certeza y la intuición del gerente, dejó los últimos seis dígitos reservados para una fecha: dos dígitos para el día, dos dígitos para el més y dos dígitos para el año, o sea que experimentaría con los siete dígitos del medio.

Como Beloquio no era un usuario regular de las computadoras, de hecho manejaba todos sus negocios a través de su teléfono celular o del fax, Federico tenía el presentimiento de que habría utilizado combinaciones desde su teléfono

Estaba obsesionado con esta idea, en una hoja de papel cuadriculado, escribió los nombres de Beloquio: Martín Eusebio, de su señora Josefina, sus hijos - tenia tres – Mariano, Cristina y Silvina, puso hasta el nombre de su perro: Pastor, descartó por completo el nombre de la empresa y luego comenzó en forma aleatoria a buscar la mayor cantidad de combinaciones posibles.

Era - como le había adelantado el gerente del banco - buscar una aguja en un pajal pero tenía el convencimiento de que iba a encontrar esa clave, se jugaba a que la intuición del gerente el sr. Manuel era cierta, también estaba seguro que los últimos dígitos sería una fecha y para eso reservó los seis últimos, y los siete que faltaban tendría que surgir de sus combinaciones, no había otra alternativa.

Cuánto tiempo llevaría descifrar esta incógnita? no sabía., cómo hacerlo? con mucha pero mucha paciencia y con la infinita ayuda de Dios y él tenía fe ciega en que lo iba a conseguir.

Logró anotar en un papel más de cincuenta combinaciones posibles, pero se quedó con veinte sin desechar totalmente las otras y de esas veinte se la jugó por cinco, tenía la certeza que dentro de esas cinco combinaciones estaría la que ocuparía los lugares de los siete dígitos afanosamente buscados y que irían a continuación de los dígitos proporcionados por el banco.

Cuando miró la hora se dio cuenta que habían pasado casi seis horas y ni se habia dado cuenta, era hora de irse para su casa.

Ya habían pasado dos semanas y Federico no era tan persistente en sus investigaciones por que las obras en la futura tienda de la frontera lo tenían totalmente ocupado.

La afinidad entre Beloquio y Benitez era cada vez mas fuerte. Algunas veces viajaban a la frontera acompañando a Federico, estableciendo asi un disimulado control. Beloquio confiaba plenamente en la administración del dinero para las dos obras en Jorge Benitez el cual tenía amplios poderes.

Los controles de gastos también eran desparejos, no había restricciones cuando se necesitaba dinero para Ushuaia y eran muy limitados para la tienda de Barrachayni que era tres veces más grande.

Como siempre Federico estaba lunes y martes en la capital y viajaba a la frontera los martes por la noche y se quedaba en esta ciudad hasta los dias sábados por la noche.

En sue estadía en la capital aprovechaba para realizar pedidos ya que presumiblemente la tienda de Barrachayni se abriría en los primeros días de setiembre y había que acelerar el ritmo de compras y además había que coordinar los embarques de Europa para que se produjeran cuanto antes por que los proveedores de esa región comenzaban las vacaciones en el mes de agosto.

Como siempre seguían las mismas injusticias que ya no le molestaban a Federico por que eso no iba a cambiar. Los pedidos que realizaba Federico debían ser pagados con letras de crédito, sólo en pequeñas cantidades, tenían que estar debidamente autorizados etc., los pedidos realizados por Jorge Benitez no habia límite de compras, y los pagos eran contados y muchas de las mercaderías al poco saber y entender de Federico eran de venta muy pesada.

Todo esto era lo único que le hacía dudar sobre la participación o no de Jorge Benitez en todo lo que tenía que ver con el trasiego de dinero. Quería creer plenamente en la intuición de don Manuel de que sólo intervenía Martín Beloquio pero muchas veces dudaba.

Federico a pesar de su corto tiempo que viajaba a la frontera había logrado ya tener una buena relación con todos los obreros que trabajaban en la obra de la tienda, empleados de la alcaldía de la ciudad, la policía, etc., pero eso no conformaba a Beloquio que lo veía desde su óptica como una persona blanda y sin carácter para estar al frente de un negocio de esta magnitud y por eso comenzó a tomar junto con Jorge Benitez algunas determinaciones ignorándolo por completo.

Estas actitudes fastidiaban mucho a Federico en un principio, pero luego cuando fue comprobando poco a poco que ni Beloquio era lo suficientemente inteligente y el que creía su amigo Jorge Benitez mostraba una personalidad insegura, y hasta muchas veces paranoica y eso lo llevaba a proyectar todos sus errores en los demás, se fue dando cuenta que la estrategia debía ser combinada entre profesionalismo en su trabajo, estuviera este reconocida o no, y paciencia, mucha paciencia para esperar tranquilamente que todo se cayera.

Simplemente aquello que había oido muchas veces de su papá: "todo lo bueno perdura, por que todo lo que no tiene consistencia se cae"

La buena relación que cosechaba Federico con la gente en la frontera, molestaba a Beloquio que por su parte intentaba acercarse a los obreros ofreciéndole suculentos asados y algunas copas cada vez que aparecía en la frontera, pero eso tampoco lograba disminuir la influencia de Federico con la gente.

Un día ocurrió algo que dejó al descubierto los errores que serían capaz de hacer tanto Beloquio como Jorge Benitez. Una inspección combinada de la Policia y el departamento de bomberos habían aconsejado de que debían eliminarse del edificio ocho ventanas por razones de seguridad, un trabajo que no llevaría más de medio día de trabajo, tiempo que efectivamente le tomó al mismo "chino" Daniel hacerlo.

Unos de los viajes que acompañaron a Federico a la frontera, Beloquio ordenó que se hiciera un asado para todos los obreros y al finalizar dicho almuerzo y antes de emprender el viaje de regreso a la capital, separó al "chino" Daniel de los demás y le preguntó:

- "Querido "chino", vamos a arreglar cuentas, cuanto se te debe por el trabajo que hiciste de sacar esas cochinas ventanas?"
- "no se preocupe sr. Martín, yo después arreglo las cuentas con Federico"
- "No se equivoque Daniel, yo soy el que mando por que yo soy el que pongo la plata en este negocio. Federico te paga a ti cuando antes arregla las cuentas conmigo y con el sr. Benitez, él es aquí un obrero como sos vos" la soberbia de Beloquio se hizo escuchar bien fuerte.
- "Bueno, por ese trabajo que le voy a cobrar .... digamos mil quinientos, le parece bien?"
- "me parece un poco caro, - una costumbre estúpida que tenía este señor de retacear los trabajos a los más humildes- pero lo dejamos asi por que hiciste un trabajo muy prolijo. Esperame un poco que ahora vengo"

Fue a consultar a Benitez que estaba inspeccionando el local y le dijo

- "Jorge, habría que pagarle el trabajo a Danielito que hizo sacando las ventanas y lo ha hecho perfectamente como siempre" en tono cínico por que el "chino" estaba a escasos metros.
- "y cuanto es lo que hay que pagarle?"
- "mil quinientos. Que te parece?"
- "Perfecto, pagale, no hay problema con mi amigo Danielito"

Ante el asombro del "chino" Daniel, Beloquio abre su portafolio y saca dos montoncitos de billetes, que a pesar de su ignorancia para algunas cosas él sabe perfectamente que se trata de billetes de dólares y que cada uno de dichos montoncitos equivale a mil dólares, separa quinientos dolares de uno de ellos y también extrae del mismo portafolio una libretita donde anota: "Obra de Barrachayni – pago a Daniel por sacar ventanas del local dólares mil quinientos" e inmediatamente le pagó al "chino" Daniel.

Cuando Daniel había cotizado su trabajo habló de mil quinientos pesos uruguayos que traducidos a dólares era un valor de ciento cincuenta dólares o sea que Beloquio le habia pagado al "chino" diez veces más.

Esa era la manera que Beloquio cuidaba sus intereses y los de sus socios.

Daniel estaba atónito y llamó a Federico que seguía saboreando una criolla parrillada con los demás obreros

- "Federico, venga por favor"
- "que pasó don Daniell? Lo vi conversando con los patrones y no quise interrumpirlo" le dijo en todo irónico
- "no me joda Federico, venga a parte que no quiero hablarle delante de los otros obreros"
- "pero que le pasó?"
- "me preguntaron cuanto me debían por el trabajo de quitar las ventanas y le dije mil quinientos?"
- "y le pagaron"
- "que si me pagaron? Me pagaron mil quinientos, pero mil quinientos dólares en lugar de mil quinientos pesos. Esa gente esta loca o que les pasa"
- "no es que esten locos, es que tienen la obsesión de cuidar que no le pasen una hormiga y les pasan un elefante y ni se dan cuenta. Sabe lo que les pasó?"
- "no, ni idea Federico"
- "ellos creen que estan en la Argentina que un dolar es un peso argentino", y ud., les dijo mil quinientos y como ellos se manejan en dólares dijeron mil quinientos dólares, pero fíjese que lo que ud., en realidad les cobró en pesos uruguayos son ciento cincuenta dólares, no lo puedo creer. Pero no se haga ningún problema, disfrútelo con su familia, yo no voy a decir nada"
- "de ninguna manera Federico, vamos a repartirlo enre ud., y yo, por que aqui todos nos hemos dado cuenta que ud., viene todas

la semanas con el dinero justo y nunca jamás se atrasó un pago de nuestros jornales"

- "pero eso no es ningún mérito, es mi deber pagarles por su trabajo"
- "Sí, puede ser pero ud., realmente es una muy buena persona, acépteme la mitad de estos mil quinientos dólares"

Federico dudó en primera instancia de tomar el dinero por que no quería transformarse en cómplice de Daniel, no quería que este acuerdo sellara un vínculo de compromiso para el futuro.

- "Daniel, entiéndame muy bien lo que le voy a decir, metaselo en su cabeza, pero bien metido: pase lo que pase ud., recibió mil quinientos pesos nunca pero nunca recibió mil quinientos dólares. El efecto de la duda se los trasmite a ellos si se llegaran a dar cuenta. Me escuchó bien? además no le cuente a nadie lo sucedido"
- "le escuché perfectamente"
- "ok. Deme el dinero, se lo acepto realmente por que lo necesito y además porque me encanta descubrir que son mas frágiles de lo que yo pensaba.

Capítulo 8

La pista de la secretaria

Estos acontecimientos increibles solo confirmaban que existía cierto despilfarro que era practicamente incontrolable por el estudio contable de Mariano Garcia que siempre se quejaba de que no podía hacer un estado de flujo de caja diario o semanal por que no tenía acceso a los gastos ni a la cuenta bancaria.

El único que parecía saber el por que de esta última situación era Federico, aunque éste persistía en su duda de si sólo Beloquio tenía conocimiento del trasiego de dinero que se producia en la cuenta de la compañía.

En estos días y por iniciativa propia Jorge Benitez decide la contratación de una señora argentina que se había desempeñando como promotora internacional de prestigiosas marcas de perfumería y cosmética lo que la hacia una persona con un increible bagaje de experiencia.

A Federico no le pareció mal la idea, solo que quería conocerla para poder ver como iba a ser la relación entre ellos. Quién era esta señora? Cómo se comportaría esta señora? Con que ideas vendría?.

Igualmente Federico pensaba que era mejor que llegara esta señora a trabajar a la frontera en lugar de Claudia la secretaria de Beloquio que era algo latente que percibía que tarde o temprano se iba a dar y que su presencia sería otro control para Federico.

Cuando Jorge Benitez le presentó la idea también le manifestó su plan:

- "La señora se llama María Lucía, tiene muchísima experiencia, es buena gente, se va a llevar muy bien contigo, va a ser una ayuda importantísima para vos por que es muy dificil manejar tanta gente y en especial que la mayoría son mujeres. La idea es que se quede en la temporada alta contigo en la frontera y luego que trabaje en Ushuaia"

- "te voy a hacer una pregunta indiscreta, cuanto le van a pagar a esta señora?

- "mil quinientos dólares más los gastos que se le ocasionen"

- "quiere decir que va a ganar lo mismo que yo gano ahora"

- "bueno .... Sí, pero vos debes recordar que cuando las tiendas esten trabajando vos vas a ganar bastante más, vos tenés que invertir en la empresa y la empresa en algún momento te lo va a reconocer"

- "ya me contestate, no necesito que me hagas versos"

- "Pero por que estás en esa tesitura agresiva y negativa? asi no se puede trabajar, yo siempre te defiendo y me tratáa así?"

- "lo único que te pido es que no me defiendas más, por que no tenés nada de que defenderme, el que tengo que defenderme de uds., soy yo"

La advertencia había sido clara y no había caido bien a Benitez, pero sabía que Federico hablaba en serio. Este no podía muchas veces con su caracter y explotaba, pero pronto reaccionaba y volvía a la normalidad y ahi recordaba que su objetivo era otro, al mismo tiempo que lo amargaba no poder concretar el total de los dígitos para poder lograr su objetivo. Al mismo tiempo muchas veces se deprimía por que pensaba: si consigo la clave, confirmo que existe una malversación de fondos y después qué? Solo lo consolaba el hecho de que al menos podría tener una prueba de algo que Beloquio le convenía tenerlo en secreto como hasta ahora. Seguramente tendría algún beneficio.

A una semana del anuncio de su contratación, se hizo presente en la frontera, en el hotel donde se alojaba Federico, la señora María Lucía

- "Un gusto Federico y desde ya estoy a tu disposición, justamente anoche el sr. Jorge Benitez me recalcó que aquí, tu eras el responsable y el que tenía la autoridad y que yo venía para colaborar contigo"

No sabía si ya la advertencia de Federico habian dado resultados pero desde el primer momento existió química en la relación de trabajo entre María Lucía y aquel. A Federico le pareció desde un principio una excelente persona y mejor profesional y no se equivocó.

Era una encantadora señora, verdaderamente una trabajadora incansable y de gran experiencia con un curriculum intachable e invalorables referencias de las grandes compañías.

No tardó en lograr una excelene relación no sólo con Federico sino también con todas las demás personas y futuros empleados.

Esa señora además sería sin proponérselo la que le daría la pista para descifrar la clave que estaba buscando.

Ya estaban a finales de agosto y se habían entrevistado a más de cincuenta personas, de las cuales mediante una selección más estricta se eligieron a treinta personas que comenzaron a ser entrenados los primeros días de setiembre.

En muchas cosas coincidian María Lucía y Federico pero en lo que realmente estaban de acuerdo era en contratar a personas que no tuvieran la mas mínima experiencia, que no tuvieran malos hábitos de otras tiendas. Era no sólo una tienda nueva sino un sistema nuevo y serían diferentes a las demás tiendas. Tendrían más trabajo al inicio para entrenarlas pero sería mucho más productivo al final.

Y asi lo hicieron, contrataron a personas que no tenían idea de lo que eran los perfumes, ni los cosméticos, pero tenían una avidez por aprender, por conocer cosas nuevas que contagiaba de entusiasmo a María Lucía y a Federico que llevaban la docencia en el corazón y les obligaba a esmerarse más en los entrenamientos y a conseguir más información.

Esto no agradaba mucho ni a Beloquio ni a Jorge Benitez por que querían apostar a la gente con experiencia que se pudiera conseguir de otras tiendas pero al final no intervinieron en la decisión de ellos dos.

-   "no intervienen en esa decisión por que siempre estan buscando que yo tropiece en alguna de mis ideas para caerme encima con todo el peso" dijo una vez Federico a María Lucía
-   "Federico, yo se de todo lo que tu haz hecho por esta tienda y eso sería injusto, si tu te tenés que ir yo me iré también, te doy mi palabra" una respuesta de María Lucía que Federico agradeció fraternalmente.

Justamente el primer dia de octubre, un miércoles, comenzaban los cursos en el hall del hotel preparado para la ocasión. Eran las ocho de la mañana y Federico desayunaba - habia llegado en la madrugada de la capital – cuando baja de su habitación María Lucía.

- "buen día Federico, te esperé hasta las dos de la mañana pero después me acosté por que no daba más de cansancio"
- "qué te pasó? Necesitabas algo?"
- "te llamó Jorge Benitez y quedé un poco nerviosa"
- "por qué?"
- "llamó para comunicarte que agregues a los cursos que comenzamos hoy a una de las secretarias que se llama Claudia, me habló medio en clave, dice que tú me ibas a entender, tú sabes como es cuando se pone misterioso. Eso si me recalcó que no fue idea de él, que no va a trabajar aqui en esta tienda sino que va a trabajar en Ushuaia"
- "no quiero volverme paranoico pero seguro que la pone Beloquio para ver de que se tratan estos cursos que vamos a dar"
- "Federico, no le demos importancia a lo que no la tiene. Esta es una de las chicas que trabaja en las oficinas?"
- "si es la secretaria personal de Beloquio y trabaja junto con la otra chica que es la secretaria de Julio Sampietro uno de los dos socios de Beloquio"
- "ya entiendo"
- "y si no entendés María Lucía, hace como yo, no preguntes nada. A propósito Jorge no te dijo cuando va a venir esta chica, donde se va a alojar, etc.?"
- "claro que sí, me dijo que viene después del cinco de octubre por que es su cumpleaños y lo quiere pasar junto a su hija, o sea que vendría el seis o siete, por que yo le dije que si venia mas tarde ya habriamos terminado con los cursos"
- "ok. La esperaremos a la señora con mucho gusto" exclamó sonriente Federico

Como con una lamparita encendida en su cerebro pareció el rostro de Federico, por que creyó haber oido de parte de María Lucía una de las claves que le ayudaría a obtener la tan anhelada cifra de dígitos que le permitiera entrar en la cuenta de fondos restringidos de Martín Beloquio

Cuál era la clave? La fecha del cumpleaños de su secretaria

Recordó las sabias palabras del gerente del banco don Manuel Emxesi: ....*incluso se lo digo como experiencia, pero no sé si este es el caso, pero muchos hombres ponen nombres o fechas de cummpleaños de sus amantes o secretarias etc."* y la fecha era Octubre cinco, estaba seguro que esa cifra formaba parte de la clave final y sólo le faltaría agregar el año pero eso seria otra historia. Tenía la plena seguridad de que iba por el buen camino. El sabía perfectamente que tenía un sexto sentido para estas cosas y no se equivocaba cuando tenia un pálpito.

El día cinco sería el próximo domingo, y esta señora arrivaría el día martes a la frontera y Federico como rutinariamente todas las semanas estaría los primeros dos días de la semana en la capital.

Evidentemente los días lunes eran su día de suerte. Federico decidió ir temprano a las oficinas de la empresa en la capital y se encontró con dos mensajes. Por un lado una nota con algunas instrucciones de Beloquio y comunicándole que habia tenido que viajar urgente a Buenos Aires y por otro lado otra nota dejada por la empleada de limpieza donde decia que Leticia la otra secretaria no acudiria a las oficinas por sentirse indispuesta.

Que mejor dia para probar sus fórmulas y para tal fin elaboró un plan que con la ayuda de Dios no podia fallar, no iba a fallar, ese era el espíritu de Federico.

Retomó las cinco claves que había elegido para seguir probando después de haber desechado casi cincuenta combinaciones posibles y esas cinco claves iban a ser la hoja de ruta de su investigación

Estudió y estudió las mismas y llegó a la conclusión que si tenía que resaltar alguna cosa de Beloquio era su apego a la familia, a veces quería resaltar algo bueno de este personaje y lo único que rescataba era esa debilidad por la familia. Incluso él lo había visto personalmente delante de algunos de sus hijos y de su mujer y era otro tipo, otra persona. Pero no se dejaba engañar, ese no era el verdadero Beloquio.

Con esta base comenzó de cero, ya tenía - según el gerente del banco – los primeros cinco dígitos reservados por el banco, dejaba los últimos seis para la fecha de nacimiento de la secretaria de Beloquio que era uno de los acertijos que debía resolver y por lo tanto debía trabajar con los siete dígitos del medio que se lo iba a reservar a parte de los integrantes de su familia:sus hijos.

Después de hacer algunas combinaciones con su hoja de ruta se decidió por la más convencional – Beloquio no era un innovador y ya le había perdido el respeto como persona inteligente – la combinación de los nombres de sus hijos MA de Mariano, CRI de Cristina y SI de Silvina lo que llevado al teclado numeral del teléfono correspondería al numero 6227474.

O sea que si el gerente estaba en lo cierto y los números que figuraban en las hojas impresas eran los elegidos por el banco, hoy Federico tendria el noventa por ciento de la clave para entrar sin problemas a la cuenta restringida de la empresa.

Tendría hasta ahora los cinco primeros dígitos 95137 el número aleatorio elegido por el 6227474 a lo que le agregaría la fecha de cumpleaños de la secretaria de lo cual solo sabía el día y el mes 0510.

Federico era sumamente optimista y pensaba que estaba a solo dos números de lograr su objetivo.

Tenía dos opciones para conseguir estos números claves o buscar en algún archivo o en la aplicación que debió haber llenado formalmente para comenzar a trabajar, pero vaya a saber donde estaba, y además no tenia paciencia para ese metodo o la otra era probar con el sistema a partir de la edad aparente. Esto también tenía un pequeño gran inconveniente y era de que eso era practicamente una misión imposible para Federico por que nunca daba en el clavo, ni cerca, con la edad de ninguna persona, pero no quería alimentar su impaciencia natural por que igual tenía todo el día por delante.

Haciendo un esfuerzo con su prodiga memoria, recordaba que esta señora le habia comentado en su primer viaje a Colonia cuando se habían reunido por primera vez con Jorge Benitez, que tenía una hija de ocho años. No era un dato menor.

Estaba corriendo el ano 1997 y entonces la niña había nacido en el ano 1989 y suponiendo que esta señora la hubiera tenido cuando ella tenia veinte años entonces el real año de su nacimiento habría sido 1969. Esa fecha seria su primer intento. Esa sería su hipótesis de trabajo

Tenía todo pronto, se sienta en el servidor principal de la empresa que estaba en el escritorio de Beloquio y comienza su odisea. De una cosa estaba seguro, su intento no seria en vano. Seguía sin tener claro de que le iba a servir lograr descrubrir algo pero no le importaba.

Busca la web del banco, clickea en "Ingresar a…" elige "Cuentas Bancarias", el sistema da algunas opciones "negocios, tarjetas de credito, hipotecas ….. normales …. Restringidas" esta última era la palabra clave de este dilema RESTRINGIDAS, clickea ahi mismo y automaticamente la pantalla cambia de color por un rojo intenso, para darle mas suspenso a la acción,

"bienvenidos al sistema SpecialBank, gracias por utilizarlo y descubrir sus ventajas" es la frase que lo recibe como potencial cliente y seguidamente le pide la clave de acceso.

"Por favor marque su clave de acceso" esta diminuta frase era la mas importante que había visto o escuchado en los ultimos tiempos.

Federico respira hondo y profundo y se encomienda a Dios y a la virgen como hombre de fe que era.

No duda en discar 951376227474051069 y en menos de un Segundo la maquina no duda y contesta "clave incorrecta, rectifique y vuelva a comunicarse"

- "maldición - exclama fuerte Federico – pero bueno era una de las posibilidades, debo insistir, estoy seguro que estoy en el buen camino" se autoconsolaba tratando de calmarse

Repite la operación nuevamente cambiando el ultimo número por un ocho y también se repite la respuesta con una variante "clave incorrecta, presione F1 para continuar"

Al obedecer la orden del software y presionar la tecla de función, surge en la pantalla una leyenda amenazante e intimidatoria "al tercer error consecutivo deberá pasar por la sucursal bancaria mas cercana para rectificar o cambiar la clave. Es por su seguridad"

Esto si que no estaba previsto en esta Aventura. Realmente era un escollo importante. Dudó de esperar al otro día para probar nuevamente y de esa manera no fueran consecutivos los intentos, pero su instinto audaz rápidamente lo ayudó a desechar esa idea.

Pensó que si el gerente podia llegar a descifrar de que computadora se hacían las consultas, obviamente otro funcionario del banco lo podria hacer y que si bien lo estaba haciendo desde la misma computadora de siempre, la de Beloquio, este hoy no estaba en la oficina y seria facilmente detectable que él había sido el que había intentado el acceso. En definitiva el único sospechoso sería Federico. Si lo descubrieran sólo le quedaba negar todo. A nadie le pasaría por la cabeza que Federico intentaba descubrir algo en las cuentas de la empresa. Todo le pasó por su cabeza en escasos minutos.

No le importó, decidió jugársela, era la última opción que tenía.

Repite todos los pasos nuevamente, y cambia el último número otra vez que según él era la clave. Podría ser cualquiera de los otros diez y siete numeros pero él estaba seguro que ese último múmero era la clave final y su audacia pudo más que el sentido común que le reclamaba otra cosa. La secretaria de Martín Beloquio cumplía treinta años ese mismo día y se abrió la pantalla con la clave 951376227474051067 y apareció la bendita frase: "indique desde que fecha desea el estado de cuenta".

Federico declaró la fecha de inicio de actividades de la cuenta y que él muy bien recordaba y fue así que comenzó a llenarse la pantalla de datos.

Revisó uno por uno y pudo ver que no existían nuevos movimientos desde el exterior y entonces pensó que sería eso lo que tenía muy nervioso a

Beloquio, por que al cortarse esos suministros, no podría hacer frente a nuevas exigencias de pedidos y compras, La única solución a todos los problemas era la apertura de las tiendas.

Inmediatamente llamó al banco y pidió una reunión con el sr. Manuel Emxesi para el día martes a primera hora de la tarde y como todavía era muy temprano se regaló un día de asueto que tanto necesitaba.

Almorzó sin apuros en el restaurant italiano del shopping de Punta Carretas, visitó en el mismo shopping la heladería para saborear su acostumbrado helado de dulce de leche granizado con sambayón adornado con un copo de chantilli, recorrió todo el shopping cosa que hacía mucho tiempo que no hacía y culminó el día en la café Americano tomando un exquisito café con crema, canela y maní acompañado por una copa de licor de chocolate Mozart.

Llegó a la casa contento y feliz, había sido un dia expléndido, redondo, como hacía mucho tiempo no vivía.

Tenia a todo el clan con Beloquio a la cabeza en su mano

- "gracias Dios mío, nunca me desampares" con esta frase terminó su oración de la noche.

Martes por la mañana, Federico, llega temprano a la empresa y ya se encontraba Beloquio, más nervioso que de costumbre pero con cierto aire de humildad característica desconocida para él.

Federico tuvo la duda de si ese estado era originado por el nerviosismo de la inminencia de apertura de las tiendas o por el contrario era por lo que él había podido comprobar sobre la detención de entrada de dinero desde el exterior.

No bien lo vio entrar le pidió a Federico si podía venir a su despacho que tenía cosas importantes para hablar con él, siempre usando esos cada vez menos impresionables tonos misteriosos que se hacía envolver para sorprender a los demás. Ya no lograban impresionar a nadie.

Al entrar al despacho de Beloquio, éste estaba en el baño y justo en ese preciso momento suena el teléfono y aquel le pide que por favor lo atienda, cosa que sí sorprendió a Federico, por que cada llamada que recibía, si había alguien en ese momento le pedia por favor que se retirara y nunca se sabía con quien hablaba.

Oh casualidad, el llamado era para Federico

- "hola Federico como estás?" era Jorge Benitez

- "bien y vos como estás?"
- "muy bien, te llamé a Barrachayni y me dijo María Lucía que viajabas hoy para allí, que todavía estabas en Montevideo"

Tanta cordialidad despuésde todo lo acontecido entre los dos lo sorprendió y le resultaba muy extraño

- "Podés hablar?"
- "Sí, claro" más extraño le resultaba esta especie de complicidad que pretendía Jorge, eso era cosa del pasado
- "el otro día quise hablar contigo pero no pude comunicarme, al final hable con María Lucía, y pobrecita le tuve que explicar más o menos lo que quería que te transmitiera pero supuse que vos ibas a entender. Para mi este Beloquio se está volviendo loco, traer a esa chica a la tienda de Ushuaia a trabajar, pero bueno el problema es de él Pero por lo que te llamaba era por que me enteré que Beloquio estuvo por Buenos Aires y ni siquiera me llamó, sabés si le pasó algo?, por que cada vez que viene me llama para que lo vaya a esperar al aeropuerto y de la noche a la mañana ni me llama. Es raro no?"

Esto comprobaba dos cosas, primero que Benitez no estaba enterado de los movimientos bancarios y segundo que los nervios de Beloquio se debían al corte transitorio o no de los giros de ese dinero a la cuenta de la empresa. Ya no había dudas y todo se estaba despejando para un desenlace final
Mas datos en tan corto tiempo era imposible creerlo.

- "mejor que te conteste el sr. Beloquio que acaba de entrar al escritorio" Beloquio es Jorge de Buenos Aires.
- "Hola, como está Jorgito?"

Federico se quedó a propósito para ver que explicación le daría

- "no te llamé por que no te quería joder, fui por unos asuntos particulares creí que iba por dos o tres horas y la persona que tenía que reunirme, no me pudo atender y al final me vine en el último vuelo. Estuve a punto de llamarte para almorzar juntos pero no me podía alejar del lugar donde estaba por si venía esta persona que estaba esperando y además no llevé mi cellular"

Después de la despedida de rutina, Federico suponía que la explicación de Beloquio había dejado más tranquilo a Jorge, y entonces aquel se dirigio a él:

- "Federico, necesito su ayuda, estoy con unos problemitas pasajeros y necesito su ayuda"volvió a repetir
- "en lo que esté a mi alcance le voy a ayudar"
- "supongo que del dinero que le presté, imposible poder recuperar algo"

"que hijo de perra era este tipo, munca me lo podia imaginar que existiera un tipo de esta calaña" ese fue el pensamiento de Federico antes de inhalar una fuerte bocanada de aire fresco y contar hasta diez en silencio para mantener la calma.

- "mire Beloquio, yo creo que de una vez por todas tenemos que afrontar esta situación. En primer lugar ud., me ofreció su ayuda, yo se la acepté después de pensarlo bastante y además lo hice debido a su insistencia. Además los términos eran de que cuando yo pudiera comenzaría a pagarle pero depende no solo de mi sino de la aperture de las tiendas y por tal motivo le documenté la deuda firmando un conforme por la misma, por lo que no entiendo ahora este planteamiento"
- "pero ud., no tiene a nadie, que se yo, un pariente que le preste el dinero, como lo hice yo y entonces ya cancela la cuenta conmigo"
- "pero creo que ud., no termina de entender que yo no tengo otros ingresos que los de esta empresa y la cosa esta pleanteada de que cuando aumenten mis ingresos, y esto va a suceder - como ud., me prometió – cuando estén funcionando las dos tiendas ahí en ese momento comenzaré a pagarle. Otra solución no tengo. Ahora yo le pregunto cuando ud., insistió en que yo tomara su préstamo, en que estaba pensando? Yo nunca le mentí, yo nunca le dije en tanto tiempo le voy a pagar"

Intratable como siempre no le importó la explicació de Federico:

- "bueno, dejémoslo así, por ahora entonces no tiene posibilidades de pagarme lo que me debe. Pasemos a otro tema. Necesito que hable con esta lista de proveedores que ud., hizo pedidos y le pida por favor que me atrase los pagos correspondientes"
- "perdón no entiendo, como que le atrase los pagos?"

- "Cómo que no entiende, que hablo en inglés? Tiene que hablar con ellos y decirles que los cheques de pago diferido que se vencen el día quince de este mes los depositen en su banco el mismo día pero del próximo mes y los que tienen vencimiento para el dia treinta lo mismo para el mismo dia del próximo mes. Entendió ahora? Creé que lo pueda hacer?"
- "espero que sí, pero esto si no me falla la memoria no llega a un monto mayor de ciento veinte mil dólares, esto fue lo que se pagó con cheques de pago diferido, a los proveedores nacionales?"
- "exactamente, por eso le digo si no puede hacer esto, entones ud., no tiene peso para manejar este tipo de negocios. Me equivoqué con ud."
- "puede ser que tenga razón, no deseche esa posibilidad - contestó cinicamente Federico – pero tengo que hacerle una pregunta de orden: ud., tiene dinero suficiente para proseguir con todo esto? Le pregunto esto por que en este momento estamos en la mitad del río, si se queda aquí se ahoga en la mitad del camino, nadar hacia atras está prohibido y la única posibilidad que queda es nadar hacia adelante y depende de ud., a que velocidad. Es preferible nadar mas despacio y no tratar de nadar mas ligero y morir en la orilla"
- "por favor, Federico, déjese de filosofía metafórica y barata. Ud., dedíquese a trabajar y de la plata no se preocupe. Ud., no está aqui para otra cosa"
- "lamento profundamente su respuesta soberbia, pero recuerde que de este dia no se olvidará jamas. Ha perdido una gran oportunidad de reflexionar"

Esa profecía se cumpliría fielmente.,,,

Por la tarde alrededor de las tres estaba ya reunido con don Manuel en el banco

- "me tenía abandonado por completo Federico", con esta frase lo recibió en el hall del banco
- "no, de ninguna manera, es que estoy trabajando duro no sólo con la tienda en la frontera sino aqui con mi otro proyecto, el que ud., ya sabe"
- "No me diga, pudo adelantar algo en su nueva actividad de detective"

- "no me lo va a creer, ya tengo la clave para entrar a la cuenta restringida"
- "ud., es muy inteligente, fue difícil conseguirla?"
- "fue una mezcla de todo, por un lado mi intuición pero yo creo que sus consejos fueron lo mas importante. Pero en mi iinvestigación surgió un inconveniente que ud., no me lo dijo, pero entiendo que es por que estoy seguro que ud., tampoco lo sabía"
- "Qué le pasó?"

Cuando Federico le conto el inconveniente que podría haberle causado el no haber acertado la clave en el tercer intento, don Manuel quedó paralizado por que obviamente él tampoco estaba enterado de este problema.

- "me deja helado, no tenia ni idea de este inconveniente, pero es lógico por la seguridad de los cuentistas, bueno pero en el fondo me alegra que no le pasó a ud.,"
- "si verdaderamente"
- "encontró algo interesante, nuevo en la cuenta?"
- "no se ha producido ningun movimiento extraño el dinero que hay en la cuenta es el residual que ha ido quedando, y originado segun mis cálculos por esa commisión que creemos que sea del uno por ciento de los movimientos"

El mismo martes por la noche en el ultimo bus hacia Barrachayni, viajaba Federico dejando atrás dos dias tremendamente productivos, tenía información muy valiosa y podia acceder a ella en cualquier momento y de cualquier lugar y eso era igual a tener poder y ese poder era muchísimo mayor que el que podía tener cualquiera de todos los protagonistas de esta historia, al menos hasta el momento.

Además el martes por la mañana había logrado hablar con los proveedores y había conseguido transferir los pagos diferidos para treinta dias mas adelante y al subir al bus, coincidió en el mismo con Claudia, la secretaria de Beloquio que sin saberlo se habia transformado en persona clave con sus treinta años recién cumplidos

Capítulo 9

Se descubre el enigma

Ya había pasado casi todo el mes de octubre y no había noticias del comienzo de las actividades en ninguna de las tiendas. Ambas seguían en reformas de construcción.

El clima mas tenso era en Barrachayni donde Ricardo Nupive pretendía ya a esta altura tener rentabilidad del negocio. Sus otros negocios familiares no estaban funcionando bien y necesitaba oxígeno financiero que supuestamente tenía pensado originarlos de las ganancias con el negocio de la tienda acordado con Beloquio. Éste y Benitez cada vez aparecían menos en la frontera y el único de la empresa que estaba todas las semanas era Federico quien era acosado tanto por Nupive como por su abogado Julio Tiwisu al cual Nupive le había prometido también una suculenta tajada de la gran torta.

Ricardo Nupive era un chico jóven de veinticinco años que según sus propios amigos se distinguía por su arrogancia. No había podido asumir la muerte de su papá un hábil empresario que contaba entre sus pares y la gente que lo conocía con admiradores y detractores que no permitían una definición objetiva de su persona como tal, pero lo que si existía era la casi unanimidad de que se trataba de una persona muy inteligente.

Cuando Federico conoció a Ricardo Nupive y a pesar de sus diferencias de edades se entusiasmó con él, en su primera imagen pensó que se trataba de un jóven impulsivo, moderno, hábil en los negocios, inteligente y a pesar de su corta edad con una familia ya formada integrada por su bonita señora y dos pequeños hijos.

A medida que lo fue conociendo se fue diluyendo totalmente esa imagen y fue frustrante para él. Sus impulsos no se mantenian en el tiempo, eran meros impulsos emocionales.

Creía tener un nivel de preparación acorde con las circunstancias pero el deseo no vencía a la realidad. No tenía buen trato con proveedores sea cual fuera el potencial de estos en materia de tamaño o importancia

Tenía tres hermanas mujeres menores y además vivía aun su mamá, él sería el nuevo estandarte de la familia y debía sentirse dueño y amo y además cuidar de todos los bienes que habíam heredado de su padre.

Una cosa son los deseos y otra es la actitud y la aptitud para lograr los objetivos. Existía en este caso un enigma, si realmente tenía la capacidad para cumplir con todas estas expectativas. Federico pensó y creyó firmemente que aquella asociación entre Ricardo y Beloquio podria haber sido un inicio para lograr desarrollarse como un muy buen empresario, pero con el tiempo resultó ser como una especie de esfuerzo desesperado y de ser efectivamente una estrategía sería al final letal.

Su abogado y hombre de confianza también de su papá, lo acompañaba a todas partes, parecía que no movia una pieza de ajedrez sin consultarlo a él. Pero esto se fue diluyendo poco a poco, por que sintió que a medida que iba pasando el tiempo también iba adquiriendo experiencia propia y esto lo hacía más independiente de su abogado.

En realidad ambos soñaban que ese había sido el gran negocio – la asociación con el grupo de Beloquio – incluso el mismo abogado tenía algunas ideas que con el tiempo se fueron esclareciendo. Este señor pretendía postularse como gerente de la tienda en la frontera y fue cuando propuso esta idea que ahí mismo se les ocurrió a Jorge Benitez y a Beloquio y sus socios contrarrestar la oferta con la propuesta de Federico para tal cargo, y quizás esa haya sido la decisión más firme y mejor que haya tomado este grupo.

Ésta fue una de las pocas veces que la intuición le falló a Federico por que su traslado a la frontera como futuro gerente no había sido una movida perfecta de Beloquio para quitarlo del centro de poder sino había sido una simple mecesidad. Debe haber sido la única vez que Beloquio había sido sincero con él.

Este abogado siempre había estado al servicio de la familia Nupive como "asesor de la familia", especialmente del papá de Ricardo el cual lo utilizaba siempre que lo necesitaba sin darle mucha explicación de sus negocios. Es justo resaltar virtudes de este señor que lo hacían prácticamente indispensable en los negocios del sr. Nupive padre: era un individiuo incondicional, fiel y confidente, se podía llevar a la tumba cualquier secreto personal o familiar de este señor y eso era valorado por esta familia.

Sabía hasta donde podía interiorizarse de un tema y respetaba los límites hasta donde él podía enterarse. Esta discresión era bien remunerada por el patriarca familiar con montos de dinero superiores a los que podría ganar ejerciendo su profesión de abogado.

Ante la muerte del señor Nupive padre, este abogado pensó que pasaría a ser un personaje imprescindible para esta familia y en especial para Ricardo pero no tuvo en cuenta la diferencia generacional, de personalidad y en especial de objetivos entre padre e hijo.

Sus deseos se vieron mas que frustrados por que ni él pudo transmitir una completa experiencia de lo aprendido junto a Nupive padre por que en realidad no había tenido mucho acceso a la complejidad de los negocios que este señor manejaba y por otro lado a Ricardo no le había dado el tiempo físico, por razones de edad lógicamente, de aprender todo lo que hubiera deseado de su papá. Ambos se quedaron a mitad de camino.

Lunes diez de noviembre, al llegar a las oficinas de la empresa en la Zona Franca Internacional como todos los inicios de semana, Beloquio estaba esperando a Federico y estaba muy pero muy nervioso. Se le notaba en el hablar.

Lo llamo a su escritorio y sin mediar saludo alguno le preguntó

- "Federico, María Lucía podrá arreglarse sola esta semana en Barrachayni?"
- "y en este momento seguimos dando currsos a todas las empleadas, un poco para mantenerlas activas y motivadas, por que como se ha ido atrasando la apertura de las tiendas, y esta semana íbamos a alternarnos en dictar estos cursos, yo continuaba el dia miércoles con unos cursos sobre los tipos de mercaderías, íbamos a mostrar planos de la tienda y enseñar las secciones de la misma etc., y después seguía María Lucía con cursos de maquillaje"
- "por favor déjese de estupideces, le pregunto si esta señora se puede quedar sola"
- "no se que criterios maneja ud., para decir que algo es una estupidez y otras cosas no lo son"
- "para mí esos cursos que dice ud., son una verdadera estupidez y no sirven para nada. Si no tiene mercadería para vender de que le sirven los cursos. Y para tener mercadería para vender tiene que haber

alguien que ponga la plata para comprarlos. Y eso es lo importante, el dinero no esas estupideces. Yo pensé que esta señora era una professional y sabía que era lo que tenía que hacer en lugar de gastar tiempo con todas esas mujeres de pueblo que no tienen ni idea del sacrificio que hace una persona como yo para que ellas tengan trabajo y puedan comer, por que ud., no entendió todavía que son unas muertas de hambre y ud., se está preocupando de que estén motivadas. Déjese de joder"

- "bueno no le voy a discutir por que evidentemente pensamos distinto, además estoy en desventaja por que ud., es el dueño del circo como a ud., le gusta decir, pero a que venia su pregunta inicial?"

- "bueno, ud., recuerda lo que le había solicitado el mes anterior de que hablara con los proveedores para diferir por un mes los pagos, bueno esto se vence ahora el proximo lunes y quizás haya que hablar nuevamente con los proveedores para ver que solución podemos tener"

- "Otra vez?"

- "Sí otra vez, cuál es su problema, los cheques los firmé yo no ud., cuál es su resposabilidad? ninguna"

- "Yo tengo también mi responsabilidad, por que soy yo el que hablo con ellos, a ud., no lo conoce nadie, a mi sí"

- "no voy a discutir eso con ud., pero puede o no puede hablar con los proveedores?"

- "y para cuando cree que pueda tener alguna novedad?"

- "que se yo, puede ser hoy, mañana o pasado, honestamente no tengo un día fijo pero es en el corto plazo de eso sí estoy seguro"

- "ok., antes que nada voy a llamar a María Lucía para decirle que no voy a viajar a la frontera. Pero hay algo muy importante: de este problema está enterado el contador?"

- "esto es un problema mío, no voy a estar contándole todo lo que pasa en la empresa al contador. De este problema sólo estamos enterados ud., yo y por supuesto y mis socios que lamentablemente estos cabrones no me pueden ayudar en este momento"

- "esto no es un problema solo suyo y de los que ud., quieran que se enteren, este es un problema de todos los que estamos trabajando para que este proyecto salga adelante. Me estoy dando cuenta que ud., lo único que sabe hacer es hablar, hablar y hablar pero de negocios sabe muy poco, además ud., y Benitez no son los reyes del trabajo en equipo?, y cuál es su trabajo en equipo?. Aquí hay que llamar urgente al contador, se necesita no sólo dar la cara, sino elaborar una estrategia, saber donde estamos parados. Ud., no dice siempre que el dinero que es lo más importante se encarga ud., pues déjeme decirle que no lo esta haciendo, así que esto nos incumbe a todos"

- "esta bién, haga lo que quiera, llame a su amigo"
- "Por supuesto que lo voy a llamar, pero ud., nos va a decir la verdad. Es decir nos va a dar una idea de cuando ud., cree que va a tener solucionado este problema de asfixia financiera"

A la media hora de ubicarlo, el contador Mariano García se hacia presente en la empresa. Primero se analizó la situación, cosa que fue dificultoso ya que practicamente era una misión imposible sacarle datos a Beloquio, un personaje transformado de soberbio a miedoso, cosa extrañisima en él. Sin duda era otro Beloquio

Las palabras del contador parecían traer algo de tranquilidad para él, pero se notaba que quería huir de allí cuanto antes.

- "Yo creo que los argumentos y el plan de soluciones de Federico esta perfecto, solo hay que ponerlo en práctica cuanto antes, yo diría que comencemos mañana mismo, independientemente que ud., logre solucionar este problema cuanto antes"

El plan consistía en comenzar a hablar con los proveedores involucrados que en realidad eran solo seis, unir los montos de los cheques que deberían cobrarlos el quince y treinta de noviembre y ese total dividirlo en seis cuotas iguales y consecutivas de los cuales la primera cuota comenzaría a abonarse el día veintiuno de diciembre y de ahí en más las subsiguientes cada treinta días.

Otro tema muy importante y crucial era la apertura de las tiendas para lo cual había que ponerle una fecha y además cambiar de rumbo y aceptar lo que Federico venia exigiendo desde un primer momento y era que primero fuera la apertura de la tienda de Barrachayni antes que la de Ushuaia por que ya se avecinaba la temporada de verano que según las predicciones iba a ser una de las mas importantes de los últimos años con cantidad records de turistas visitando la zona y eso produciría una recaudación de dinero fresco que iba a ayudar sin duda a salir de este atolladero.

Había que abrir con la mercadería que se tenía que no era poca, es decir ya se estaba en condiciones de realizar la apertura y no esperar más

Esto evidentemente lo confrontaría otra vez con Jorge Benitez que pretendía todo lo contrario, o sea inaugurar la tienda de Ushuaia primero, pero eso era lo que menos importaba en el momento

Como estaba planeado, se estructuró el plan y se puso en práctica al otro día, y tuvo éxito. Federico y el contador Mariano Garcia visitaron personalmente a las seis empresas nacionales y expusieron sus argumentos que si bien no reflejaban la verdad total, eran creibles. Estos eran la inminencia de apertura de las tiendas especialmente la de Barrachayni, los costos de amoblamiento, las reformas del local etc.

El mismo contador Mariano Garcia, comprobó que en las seis empresas que visitaron en dos días tenían a Federico como una garantía del proyecto. La opinión al respecto era unánime:"Federico esto lo hacemos por vos, al único que conocemos es a vos, el crédito que tienen es por vos......."
Federico también siempre fue muy sincero y siempre les contestaba lo mismo:"les agradezco la confianza, para mi es una responsabilidad y la acepto dentro de mis posibilidades pero los que invierten son uds., y por eso deben tomar sus recaudos como si yo no estuviera en el medio"
Solo una de las empresas pidió referencias al banco TransContinental sobre Beloquio y Manuel Emxesi fue contundente:"tienen crédito ilimitado, no hay problema con ese señor ni con la empresa". Fue la peor gestión que hizo este gerente en cuarenta años de desempeño intachable.

Al salir de la última empresa que habían visitado y al subir al auto de Mariano, este no pudo dejar de expresarle a Federico su pensamiento:

- "Federico, realmente te tengo que felicitar, pero no se por que te la jugás tanto por este tipo, que ha sido un soberbio contigo siendo el único que le defendés el negocio"
- "lo que sucede es que no sólo no me gusta, sino que no puedo ni debo fracasar. Te parece que no es un buen argumento? Tengo grabado a fuego en mi alma, algo que siempre me decía mi papá: "no importa lo que seas en la vida, tenés que ser el mejor para no fracasar"
- "es un buen argumento, pero sabés que cada vez tengo mas dudas sobre la capacidad empresarial de Beloquio"
- "yo estoy mas adelantado que vos, yo estoy seguro no tengo dudas: no es lo que creíamos. Eso no me asusta por que seguro

que coincidirás conmigo que cuanto menos capacidad tenga mas dependerán de nosotros, como en este caso, lo que más me preocupa es la capacidad financiera. Quiero creer que esto que le ha pasado sea algo circunstancial y no algo definitivo, por que si no estamos perdidos"

- "totalmente de acuerdo, es una persona muy dificil, le tenés que estar sacando los datos a la fuerza, es muy dificil trabajar y asesorar a personas asi. Sin ir mas lejos, ayer si vos no lo ponés contra las cuerdas como a un boxeador que está al borde del knock out, no podemos hacer nada"

- "no queda otra que confiar en Dios, y cruzar los dedos"

Toda la semana, Francisco estuvo en la capital como lo habia acordado con Beloquio, estuvo consultando la cuenta y todo seguía igual, el único dinero que había salido de la cuenta eran los salarios de todos los empleados incluso el de él.

El jueves por la noche Federico tenía una cita con Roberto Quisomu un señor maduro el cual se habia transformado con el tiempo en un asesor empresarial por su experiencia y sabiduría. Para Federico era mas que un asesor, era un amigo que respetaba muchísimo, era mas que nada un confidente, hasta en temas personales.

Para don Roberto era como un hijo y asi lo trataba. Siempre había estado al lado de Federico, en las buenas y en las malas. Tenia una rica experiencia en todo lo que tenia que ver con perfumería y cosmética y por eso era una fuente de consulta bastante frecuente para Federico

Se veían al menos una vez al mes y el sitio de encuentro siempre era el mismo el Restaurante Atlántico, situado sobre la rambla de Pocitos, coqueto barrio de la capital frente a la playa del mismo nombre sobre el río de la Plata.

Después de saborear un delicioso filet mignón con champignones de parte de don Roberto y un plato de pennes a la vodka por Federico y siendo casi las once de la noche, había llegado la hora de los postres y ahi coincidieron los dos en sendos exquisitos panqueques criollos con licor y dulce de leche un manjar nada despreciable y lo acompañarían con la cuarta vuelta de whisky.

Gracias a su cultura alcoholica, Federico estaba totalmente cuerdo pero don Roberto no estaba con todas sus facultades cien por ciento para conducir su carro, entonces Federico llamó a su casa desde la barra para comunicarle a

su mujer que antes de ir para la casa, llevaría a don Roberto a la casa y luego
se tomaría un taxi para su casa.

-   "Me parece correcto que lleves a don Roberto a su casa pero yo
    quería hablar contigo por que te llamó una persona con una voz rara
    parece proveniente de ultratumba. Primero llamó y me preguntó
    con que familia hablaba, cuando le dije familia Miraballes me dijo
    que quería comunicarse con Federico Miraballes, le dije que eras
    mi esposo y que estabas en una cena de negocios, él está en el hotel
    Plaza y me dejó el teléfono del hotel y el número de la habitación.
    No me dijo el nombre por que dice que quería darte una sorpresa.
    Quiere que lo llames hoy, no importa a que hora"
-   "dame el teléfono, no tengo idea de quien puede ser"

Ante tanta intriga decide llamar al hotel no bien corta con su señora

-   "hola, con quien hablo?"
-   "con quien hablo yo, por que ud., es el que llama" contestó efectivamente
    una voz gruesa como la había definido la esposa de Federico
-   "yo soy Federico Miraballes, hace un rato llamaron a mi casa y
    dejaron el teléfono del hotel y el número de la habitación"
-   "efectivamente fui yo, tengo urgencia en hablar con ud., si es posible
    hoy mismo, no importa a la hora que sea"
-   "no tendría problema, pero al menos quisiera saber con quien hablo,
    por que no me lo ha dicho"
-   "sucede que hasta que no nos veamos no puedo identificarme"
-   "pero .... Realmente me deja nervioso tanto misterio"
-   "no tenga miedo, nos veremos aquí en el hotel"
-   "ok., pero voy a demorar al menos como una hora por que estoy en
    una cena con un amigo y tengo que llevarlo a la casa"
-   "no se haga problema, lo espero"

Federico llamó a su casa, le comunicó a su esposa que pasaría por el hotel
céntrico, cercano a su casa, donde estaba alojado el misterioso señor.

Volvió a la mesa, terminó de comer el postre, llevó a don Roberto a su
casa se despidió, rápidamente buscó un taxi sobre el Boulevard, facilmente
ubicable dada la alta hora de la noche y se dirigió al hotel Plaza donde arribó
pasada la medianoche.

Al entrar al hotel se dirigió a una cabina telefónica, llamó al número de la habitación donde se hospedaba este señor e inmediatamente contestó la misma voz inconfundible a pesar de que aun era una incógnita el dueño de la misma

- "soy Federico Miraballes y estoy ya en el lobby del hotel"
- "perfecto, en cinco minutos estoy con ud. Espéreme en la cafeteria del hotel"

Fueron cinco minutos exactos y de un silencio sepulcral en el hotel, hasta que uno de los ascensores cerró sus puertas en el primer piso desde donde él en la cafeteria podia verlo, comenzó a ascender, lo siguió con la mirada hasta el piso once, comenzó su descenso y se detuvo en nuevamente en el primer piso, donde sus puertas se abrieron silenciosamente y dejaron salir un enorme hombre que estaba acorde con la gruesa voz que poseía.

Tenía una estatura cercana a los siete pies, y pesaba alrededor de doscientas libras de peso. Aparentaba unos cincuenta años, pelo y barba tupida blanca y esta última perfectamente prolija, vestía una impecable camisa celeste clara con cuello blanco, con gemelos dorados abrochando sus puños, pantalón gris clásico sostenido con tiradores, corbatín, zapatos impecables negros, saco azul marino con botones dorados y dejaba lucir en su muneca un rolex dorado.

- "buenas noches y muchas gracias por venir sr. Federico, mi nombre es Gerardo Buenaventura, contador de profesión"
- "buenas noches, yo no necesito presentarme por que ud., aparentemente ya tiene alguna referencia mía"
- "vayamos por parte, lamento el misterio, pero sí, es verdad, tengo referencias suyas de que es una persona muy discreta pero tenía que estar seguro de que mi nombre no lo supiera hasta conocernos personalmente"
- "ud., tendrá sus razones"
- "exactamente, estoy seguro que ud., va a terminar entendiendo esta situación. Que va a tomar?"
- "un café doble, por que esto me parece que va para largo"

Los dos quedan en silencio mientras el mozo de la cafeteria deja en la mesa lo solicitado y Buenaventura comienza su presentación

- "Estimado Federico, quizás ésta sea la primer reunión de una larga serie y espero que no me falle. Puede ser su salvación o su perdición si esto sale mal"
- "eso suena a una amenaza"

Se produce otro silencio, momento que Buenaventura aprovecha para prender un habano Montecristo de medida Churchill, inhala profundamente y siente que el humo llega hasta lo más recondito de sus pulmones y posteriormente lo exhala y dirigiéndose a Federico le dice

- "ud. tiene razón puede sonar a una amenaza, pero seria una amenaza si yo fuera un ganster. Sabe una cosa yo lo veo a ud., y es como si me estuviera viendo en un espejo, me veo a mi mismo. Y para estar sentado aqui con ud., o hay que ciertamente ser un ganster o al menos tener el deseo de serlo y si no me confundo creo que tanto ud., como yo estamos sentados aquí pero no merecemos vivir esta situación"
- "por favor vaya al grano, por que realmente me tiene nervioso, como es que sabe tanto sobre mi?"
- "yo llego a ud. Por mi relación con el senor Martín Beloquio y sus socios para el cual ud., trabaja y no me identificaba por que no quiero que este señor se entere de que yo estoy en Montevideo"
- "pero no creo que Beloquio ultimamente, le haya dado buenas referencias mías"
- "lo que diga ese imbécil me tiene absolutamente sin cuidado. Ya le explicaré como obtengo referencias suyas y por que lo elijo a ud."

El contador Gerardo Buenaventura tiene junto a dos socios en la ciudad de Buenos Aires uno de los mas importantes y prestigiosos estudios contables del país.

Ese estudio además está relacionado con importantes empresas multinacionales extranjeras, especialmente originarias de Estados Unidos, que habían intervenido en contratos de privatizaciones con los gobiernos de la región, especialmente con el gobierno argentino de turno.

Este confiable estudio contable reconocido tanto por clientes, colegas y competidores se había visto envuelto en una manionbra que les transformó la vida tanto a Buenaventura como a sus socios.

Específicamente el contador Buenaventura pasó de ser una persona cristalina y transparente en todas sus acciones a una persona temerosa y paranoica, de ser una persona de hábitos comunes y normales, con actividades diarias de tipo social o deportivo a ser una persona hipertensa y semi sedentaria al darse cuenta que sin querer en lo más mínimo se habían transformado en cómplices y rehenes involuntarios de grupos corruptos de políticos de su país y ejecutivos de empresas extranjeras.

Este grupo de políticos tenían la característica de que él no sabía las identidades de los mismos, ni de que partido político eran y además no se conocían entre ellos por lo que estos corruptos representantes del pueblo estaban protegidos, pero obviamente esta protección no era para el estudio del contador Buenaventura si se llegaba a descubrir la maniobra.

Federico escuchaba con atencion toda la narración del contador.

Todo había comenzado a desarrollarse a espalda del estudio obviamente y en el transcurro del año anterior.

El estudio contable de Buenaventura y sus socios había representado a nueve empresas de origen norteamericano y dos de origen español en el proceso de privatizaciones de la república Argentina. Estas empresas actuaban en algunos casos en forma individual y otras en forma de consorcio en la presentación de las licitaciones y en estos últimos casos el estudio actuaba de catalizador en la formación de estos consorcios.

Este estudio se encargaba absolutamente de todos los detalles, desde el retiro de los pliegos primarios de condiciones de las licitaciones hasta las presentaciones de las ofertas e hicieron un trabajo impecable y por eso tuvieron mucho éxito en casi el sesenta por ciento de todas las privatizaciones realizadas en el país.

El precio de este éxito había sido la exposición a los medios políticos y de comunicación del estudio contable y en especial de la cara visible el contador Buenaventura. Y nada más alejado del deseo de este buen señor que aspiraba a seguir desempeñándose con éxito pero con un marcado bajo perfil cosa que ahora le resultaba dificil hacerlo.

El modus operandi era el siguiente: para cada licitación a presentarse ya sea en forma unitaria por una compañia o en forma de consorcio, el estudio formaba una empresa con naturaleza jurídica, era debidamente registrada en todos los organismos públicos que se exigía y se le adjudicaba una cuenta bancaria y una contabilidad independiente para cada una. Si se le adjudicaba la licitación correspondiente, la empresa recién formada continuaba su actividad como cualquier empresa del Mercado y si no ganaba la licitación, se liquidaba la empresa y se le daba de baja pagando los impuestos correspondiente y registrando todos los gastos contables que había tenido durante el tiempo que se mantuvo en actividad.

Al acreditarse la licitación a alguna de estas compañias, el tráfico del dinero también era fácil, las casas matrices en el exterior de estas compañias, enviaban el dinero tal como era acordado con las autoridades del gobierno para el pago de las inversiones en las mencionadas licitaciones y lo hacían a través de las cuentas bancarias de estas mismas empresas.

Parecía todo muy perfecto y en realidad tenía toda la apariencia de serlo. El estudio contable controlaba minuciosa y celosamentemente todas estas operaciones.

Curiosamente, estas remesas que venian desde el exterior fueron generando un remanente que quedaba depositado en las cuentas de estas compañias y en realidad no tenian un destino final y por ende quedaban depositadas. Es decir se recibía mas dinero desde el exterior del que se iba necesitando.

La existencia de estos remanentes sin destino aparente levantó primero la curiosidad del contador Buenaventura y después la sospecha de que algo estaba pasando.

Al realizar un balance de cada una de estas cuentas se dio cuenta de que existía dinero disponible que aproximadamente eran doce millones de dólares y por lo tanto lo primero que hizo fue darle la orden a su secretaria de que llamara al exterior a alguno de los ejecutivos de las compañías para aclarar la situación.

La primera comunicación que le pasaron fue con Frank Phillips un Americano pero de ascendencia holandesa.

Cuando el contador Buenaventura le explicó para que lo llamaba, rápidamente lo interrumpió y le dijo que esa misma noche estaba viajando de Estados Unidos a Buenos Aires y que no bien llegara al Hotel Caesar Palace de Buenos Aires lo llamaría para reunirse con él.

Efectivamente al otro día cerca del mediodia se reunieron en el hotel Buenaventura y Frank Phillips y ese fue el comienzo de la pesadilla para el primero.

Todas las empresas habian aceptado a espaldas obviamente del estudio contable de Gerardo Buenaventura el pago de una coima a seis políticos que no serían identificados y que se realizaría a través del estudio. El autor ideológico de todo esto había sido justamente Frank Phillips y el plan seria el siguiente:

Un asesor de éste, ex espía en las época de la Guerra Fría sería el encargado de distribuir en forma lenta y segura en el exterior el dinero en las cuentas de los politicos donde ellos eligieran.

La misión del estudio de Buenaventura era "limpiar" estas operaciones y no había manera de negarse a hacerlo.

Pero todavía faltaba lo peor. Como la "torta" a repartir era bastante grande, los ejecutivos de esas compañías estaban tentados de también ellos poder obtener alguna bonificación y por eso fue que entre ellos acordaron reservar la módica suma de doce millones de dólares para repartir entre los CEOs de estas compañias incluido obviamente Frank Phillips que era el cerebro de toda la operación.

Esta suma sería la primera en girarse y sin lugar a dudas eran los aproximadamente doce millones primeros que registraban su entrada y posterior salida - aunque incompleta – de la cuenta restringuida de Beloquio

- "y eso es a grandes rasgos, lo que ha sucedido y aunque le parezca mentira estamos tan desesperados para que todo esto concluya que lo que hemos acordado es que obviamente ellos paguen todos los gastos que estas operaciones generen pero no queremos que nos paguen nada por este trabajo sucio. Estamos muy satisfechos con las ganancias que hemos hecho con el negocio de las privatizaciones. Pero le aseguro que el precio que estamos pagando por el dinero que hemos ganado es enorme, nos puede llegar a costar todo nuestro prestigio adquirido en tantos años de esfuerzo y dedicación" así concluyó su monólogo el contador Buenaventura con Federico en estado de shock
- "le digo la verdad no salgo de mi asombro, todo esto es nuevo para mi"
- "estimado Federico, ni yo ni ninguno de mis socios habiamos incursionado en este tipo de negocios, creame que estamos desesperados. Imagínese mantener en secreto toda esta operativa sin levantar sospecha. Hemos tenido que diseñar una estrategia financiera entre nosotros y sin tener el más mínimo de experiencia práctica en este tipo de operaciones. Quizá para otras personas sea cuestión de trámite pero para nosotros no lo es"
- "y como siguió todo esto, por que a mi lo que mas me intriga es como ud., llego a tener interés en conocerme a mi y de cierta manera involucrarme en todo esto"
- "bueno la historia sigue asi: uno de mis socios recordó que un cliente nuestro era usuario de una de las Zonas Francas uruguayas y nosotros necesitabamos usar al Uruguay por las características de su

plaza financiera por que hay libertad cambiaria y de circulación de dinero y el respeto del secreto bancario.

Nos pusimos en contacto con este cliente argumentando que teníamos capital ocioso que era remanente de las licitaciones y que debíamos asesorar a las empresas como utilizarlo en negocios rentables pero teníamos que sacarlo de la Argentina

A su vez ellos nos comunicaron que no tenían experiencia en ese sentido pero de que tenían una persona que muchas veces les financiaba operaciones, que era una persona muy discreta y que además estaba tratando de incusionar en el negocio de tiendas de Duty Free Shop y bueno pensamos que justamente era lo que estabamos buscando, sin duda sería la persona ideal

Asi es que concretamos una reunión en Buenos Aires a la que asistí yo solo ya que pensamos con mis socios que era conveniente seguir manejándolo con la cantidad mínima de personas.

Nos reunimos en un hotel céntrico donde él se alojó, y ahi entre otras cosas me comentó sobre la idea de incursionar en los negocios de las tiendas. Me dijo que tenia dos socios y dos personas que trabajaban para él, un tal Jorge Benitez y la otra persona era ud.

Dada la urgencia de la situación, ya que nosotros lo que queríamos era que esto se terminara cuanto antes, no tomamos todos los recaudos necesarios. Como buenos contadores nos preocupamos más por el dinero que por el tipo de personas que estábamos tratando. Me quedé con la buena impresión primaria de esta persona y por las referencias que nos había dado nuestro cliente

No tuvo ningún inconveniente en depositar los títulos de propiedad de su casa y su auto como garantía y eso nos dio confianza de que toda la operación se iba a realizar sin ningún tipo de inconveniente.

Comenzamos a enviar los primeros giros a la cuenta de Beloquio que correspondía al "premio" que se habían reservado los CEOs de las compañías. Esto se hizo relativamente fácil por que a los pocos días de realizarse el depósito se giro a bancos en Estados Unidos y todo fue documentado como pago a facturas de una trading panameña y de esa manera quedó todo regularizado

Pero a pesar de no existir grandes inconvenientes, detectamos algún que otro manejo un poco desprolijo o al menos que no era lo deseado, ni tampoco lo acordado.

Entonces por obligación profesional hicimos lo que deberíamos haber hecho desde un principio, comenzamos a investigar a Beloquio, a Jorge Benitez y a ud.,

Por que los investigamos a ud., y a Benitez también? Por que desconfiamos de que no había cumplido con lo que él habia acordado y ante la duda tratamos de averiguar si había alguna otra persona involucrada en esto. Puro miedo Federico, y compréndalo de esa manera.

Nosotros habíamos acordado de que ni los socios debian saber de este tipo de operaciones. Todo era solamente entre él y nosotros, en realidad era entre él y yo por que a mis socios ni los conocía y después de investigar a todos llegamos a la conclusion que eso sí lo cumplió.

Pero no sabemos por que motivo no cumplió con el principal punto que se comprometió desde un principio: el dinero era sagrado y no se debia tocar, su comisión le sería girado después de producirse el giro desde Uruguay hacia el exterior"

- "pero entonces Beloquio estaba enterado de todo?"

- "en realidad no le mentimos, sólo le dijimos la verdad a medias o si ud., prefiere le ocultamos parte de la verdad que no es mentir sino es manejar información de acuerdo a la confianza que se le tiene a la otra persona. En este caso era obvio que no teníamos tanta confianza con Beloquio. Le comenté que la verdad no era la que le habíamos dicho a la empresa intermediaria que sirvió de puente entre él y nosotros. Le dije que teníamos un dinero, le dijimos la cantidad y que debiamos sacarlo de la Argentina primero y después del Uruguay hacia algún lugar que nos enteraríamos en el momento, que podia ser un paraiso fiscal o Estados Unidos o Suiza y lo más importante era que se podía quedar tranquilo de que ese dinero no provenía del narcotráfico, ni de tráfico de armas. Le dijimos que todo eran ganancias no declaradas y que por eso necesitábamos absoluta discresión y para eso contábamos con él.

Teníamos que confiar en alguien y no nos quedaba más remedio que actuar asi"

- "una duda que sigo teniendo y perdone si es que soy de reacción tardía pero es que lo que ud., me cuenta es digno de una novela: por que si ud., dice que comenzó a investigarnos a Beloquio, a Jorge Benitez y a mi, por que en lugar de estar conmigo en este momento no está por ejemplo con Jorge Benitez o con el mismo Beloquio?

además otra cosa por curiosidad: me gustaría saber cuales son las referencias que tiene de nosotros."

- "efectivamente lo hemos investigado a ud., a Benitez y a Beloquio. Tuvimos que contratar a una empresa muy seria de detectives y lo que para nosotros parecía algo dificil, esta agencia lo hizo en menos de una semana. Logró ubicar el estudio de abogados donde uds., firmaron la compra de la tienda de Ushuaia y además donde formaron la empresa argentina, logramos hasta una copia del contrato y ahi estaban todos sus datos y los de Jorge Benitez como direcciones, teléfonos etc. Por eso lo primero que hice cuando llegué a Montevideo fue llamar a su casa para confirmar que era su teléfono. Ahi obviamente nos enteramos también de como estaba compuesta la nueva empresa con Jorge Benitez con un cuarenta y nueve por ciento, ud., con un uno por ciento y Beloquio mayoritariamente con con cincuenta por ciento. Es eso correcto?"

- "exactamente"

- "en lo que tiene que ver con las referencias, que le puedo decir? De Beloquio: que a pesar de que ya esta involucrado desconfiamos de él y no queremos arriesgarnos más. El hecho de que nos haya dejado los títulos de su casa y de su auto no nos garantiza nada por que la cantidad que nos queda por girar a su cuenta para sacarla al exterior posteriormente es más de diez veces lo que puede valer su casa y su auto último modelo, o sea que poco le importaría perder su casa y su auto si puede quedarse con un monto de dinero que es más de diez veces su valor.

En su momento a pesar de que sabíamos esto, que esta garantía era más simbólica que real, pensando con nuestra mentalidad de antes de introducirnos en este negocio, creimos que igual para él sería importante mantener su casa y no tener que llegar a dar explicaciones a su familia de por que la habría perdido y de la noche a la mañana aparecerse con una suma importante de dinero. Eso pensábamos antes, pero ahora después de comprobar aquello que nos enseñaban nuestros padres de que el dinero corroe, ya desconfiamos hasta de nuestra propia sombra.

Como es este tipo? Y según lo que hemos averiguado es un tipo sumamente raro, son de esas personas que ud., puede decir "dormi con el enemigo y no me di cuenta", es un soberbio con dinero.

Los que lo conocen coinciden que logró amasar una pequena fortuna que rondara cercana al millón de dólares efectivo, y se hizo una casa que valdría en estos momentos unos ochocientos mil dólares y tiene dos carros nuevos que no los tiene por más de dos años que sumarán otros cien mil dólaares. Esa es su fortuna por asi llamarla. Como hizo este dinero? Aunque le parezca mentira como se dice en la jerga comercial "hacienda mandados"

- "como haciendo mandados?"

- "bueno hay que reconocerle algun mérito, a pesar de haber nacido en un hogar humilde, fue criado por una tía con mucho dinero y eso lo hizo relacionarse con gente de clase alta y cuando fue creciendo se relacionó con grandes ganaderos que realizaban importantes negocios en la industria del cuero y Beloquio comenzó a buscarse un lugar en este grupo y de que manera lo consiguió, pues era el que daba la cara en los bancos, hacia lobby con los políticos, si tenía que viajar al exterior para cerrar un negocio no tenia problema y lo hacía y como es un gran tacaño logró ahorrar una buena suma de dinero.

Posteriormente estas personas algunas se fueron retirando de los negocios, otros fallecieron y Beloquio con parte de ese dinero se dedicó a financiar empresas o personas descontando cheques a un interes muchas veces de usura y otras no tanto y asi logró no sólo mantener su capital inicial sino multiplicarlo.

Ese dinero no sólo le permitió mantener su nivel de vida sino también hacer su hermosa casa como siempre la había soñado, poder tener siempre nuevos carros, enviar a sus tres hijos a los mejores colegios de la capital, viajes de vacaciones etc. Esto además le dio un status entre sus amigos los cuales algunos de ellos le daban dinero para que él invirtiera en distintos negocios.

Dos de esos amigos son los que el dice mis socios: Jorge Sampietro y Marcelo Santos de los cuales también averiguamos algo pero más por curiosidad y por si los teniamos que utilizar para algo.

El primero un inconsciente toda su vida, nunca le interesó mucho trabajar, su papá tiene una estancia llamada "La Ponderosa" en el departameno de San José, es el hermano mayor de dos mujeres gemelas, las dos casadas con medicos reconocidos que no les interesa en absoluto el campo. A él tampoco le interesa mucho el trabajo del campo y por lo tanto terminó arrendando la estancia a un grupo ganadero brasilero. Por supuesto confía más en algún negocio que lo haga participar Beloquio que en su propio trabajo. Es casado con una profesora y tiene dos hijos varones que estan estudiando. A pesar de que tiene ya casi cincuenta años se cree un galán y tiene por ahi algunos deslices amorosos, incluso tiene una secretaria por llamarla de alguna manera que es su compañera de viaje para todos lados mientras la mujer trabaja para cooperar con el pago del colegio privado al que van sus hijos.

Mientras Marcelo Santos, todo el mundo lo define como un tipazo, un amoroso hijo, increible papá, impecable marido, adorado yerno, y respetado patrón, que más? Parece que estamos hablando del hombre perfecto, pues si no lo es va camino a serlo. Vive para su familia. Es casado con la hija única de un ganadero muy importante del departamento de Paysandú, le administra los campos a su suegro, prolijo y estricto en todos sus deberes.

Su mujer supo ser en su juventud reina de belleza primero de su departamento natal Paysandú, y luego de todo el país, incluso compitió para Miss Punta del Este y Miss Valparaiso en Chile saliendo vice reina en ambos concursos. Una belleza de mujer que parece no pasar los años para ella y de la cual se enamoró el primer dia que la vio en un partido de polo en Paysandú y de ahi en más todo ha sido feliz como en un cuento de príncipes y princesas.

Acompaña al duo Beloquio-Sampietro en algunos negocios pero no coinciden nada más que en alguna fiesta familiar por que trata de no involucrarse nada más que en negocios puntuables.

Algunas veces ha tenido que faltar a la verdad para cubrir alguna infidelidad de sus socios y él no está de acuerdo con nada de eso. Es sencillamente un tipo de familia.

Volviendo a Beloquio, el dia que nos reunimos por primera vez, él estaba feliz con la posibilidad de poder entrar en el negocio de las tiendas de Duty Free Shop, me decía que él siempre habia soñado con participar en esa clase de negocios y nunca habia tenido la oportunidad y me hizo una cuenta en base a lo que Benitez le había dicho. Este le había prometido que podía vender cada lineario de perfumería de casi dos pies de ancho a los proveedores en aproximadamente cinco mil dólares cada uno y entonces me hacía unas cuentas "tengo tantos linearios en la tienda de Barrachayni y tantos en Ushuaia........,"y la suma daba un número interesantísimo, lógico era un negocio perfecto. Es verdad eso?"

- "Sí, es verdad que se ilusionó con esa idea de Benitez pero yo siempre le dije que no era tan asi, primero había que comenzar a funcionar, en una primera instancia se debía vestir las tiendas y luego dejando pasar un tiempo, y ya con algunos resultados y sabiendo que marca eran las que se vendían mejor, entonces nos reuníamos con los proveedores y negociabamos los espacios. Pero cuando le dije eso me dijo que yo era un negativo y que no sabía nada del negocio, por lo tanto no hablé más al respecto y hasta el día de hoy no han podido rescatar ni un dolar por esta vía"

- "o sea que ud., estaba en lo cierto?"
- "efectivamente, no es un problema de negativismo es de realismo"
- "Sí, ahí se equivocó. Confió demasiado en lo que le dijo Benitez, pero mire que de tonto no tiene un pelo. Beloquio con el negocio que nosotros le presentamos y la posibilidad de manejar dos tiendas de Duty Free Shop, elaboró un plan. El dijo utilizo para pagar mis gastos de apertura de la tienda parte del dinero que tengo para girar, lo voy girando de a poco y con el dinero que vayan generando las tiendas comienzo a reponer el dinero que le gasté a esta gente, y ahí habrá sacado cuentas la venta de los linearios a los proveedores, y seguramente que no contaba con la demora de apertura que han tenido las tiendas. Era un negocio Redondo, se financiaba con plata que la tomaba prestada, hacia la "calesita" no pagaba intereses y la reponia de a poco. Pero se equivocó con nosotros, por que nosotros queremos salir de este embrollo cuanto antes, no somos financistas"
- "Sabe que lo escucho atentamente por que todo lo que ud., cuenta es apasionante, pero hay algo que me impresiona y es que todo lo que ud., me cuenta con total precisión, todo lo tiene en su cabeza, no tiene ni un papel con datos"
- "ud., se esta dando cuenta de como ha cambiado mi vida y la de mis socios esta situación. Todo lo que sabemos lo tenemos en nuestras mentes, no queremos dejar ninguna prueba. Una vez senti decir a un corrupto en mi país algo que me quedó grabado y ahora lo estoy poniendo en práctica: Cuando un sospechoso de corrupción dice - *"no van a encontrar ninguna prueba en mi contra"* – no quiere decir que sea inocente sino es que le han dado tiempo de hacer desaparecer todas las pruebas por eso tratamos de no dejar ningún rastro para ahorrarnos tiempo y problemas.
- "le creo perfectamente, y que averiguo de Jorge Benitez?"
- "es lo que nosotros llamamos en nuestra jerga un "profesional indefinido". Es una persona muy consciente, ha sabido conservar los bienes heredados de sus padres, es un muy buen padre de familia etc.

Desde el punto de vista profesional estan los que lo definen como un confiable asesor de empresas, con gran conocimiento del mercado de la perfumería y la cosmética. Otros valoran como único logro el haber sido distribuidor de uno de los grupos mas importantes de cosméticos del mundo el grupo DISFOX. Y si bien este es un argumento de peso también hay que poner en el otro plato de la balanza de que era la época de la llamada "plata dulce" en nuestro país y donde los exitos empresariales se basaban más en acertados movimientos financieros que en excelentes estudios de Mercado. Pero bueno igual tiene su mérito"

- "todavía le falto yo"

- "de ud., le confieso, no tengo muchos datos, y a esta altura le puedo asegurar que ya no me interesan tanto. Por eso estoy aquí, hablando con ud., cuando ya son casi las dos de la mañana. Yo se que me arriesgo muchísimo pero deme la oportunidad de que crea en ud., confie en mi y yo lo haré en ud. Lo único que puedo decir de ud., es que estoy seguro que es buena gente y que tuvo problemas graves económicos, en parte por culpa suya, por que no supo elegir a sus socios en su momento, pero estoy convencido que va a salir de esa situación. Al menos en eso coinciden nuestros informantes sobre ud."

- "es que a partir de que me senté aqui con ud., no me queda otra opción que involucrarme, no se de que manera pero no en vano ud., me ha contado todo esto"

- "Necesitamos un socio metido en este negocio y por eso tendrá su premio"

- "que tengo que hacer?"

- "he ideado un plan arriesgado pero es lo único que podemos hacer para cerrar este círculo"

- "me cuenta el plan que tiene ahora?"

- "Sí con mucho gusto"

- "tiene algunos puntos muy dificil de cumplir pero haremos el intento. Todo gira en que debemos de culminar el total de la operación, es decir debemos nosotros girar a la cuenta de Beloquio el dinero restante o sea ya el que corresponde a la coima de los politicos y al mismo tiempo ir recuperando el dinero que uso Beloquio sea como sea, por que nosotros somos responsables de ese monto"

- "a cuanto ascendería esa suma?" pregunto Federico

- "no estamos seguro en la cantidad específica pero sabemos que no superará los catorce millones de dólares, ahora en este momento nos han liberado solo ocho millones que ya disponemos, nos falta el resto, pero los problemas son varios. En primer lugar tenemos que hacer toda la operación en un día y obviamente por el monto total, la giraremos desde Argentina a la cuenta de Beloquio y ahi tenemos que girar el total del dinero al destino establecido directamente, nosotros nos quedaremos con el dinero de la comisión de Beloquio, para ir rebajando la deuda que el acumuló con nosotros hasta el momento"
- "pero hasta ahí no habría mayores diferencias a la vez anterior "acotó Federico
- "Habrá una fundamental: no queremos que Beloquio este enterado de esta operación. Cuando ya tengamos el total del dinero en nuestro poder nosotros lo citaremos a Buenos Aires en tonos amistosos, y lo tendremos todo el día en nuestro país explicándole que seguiremos haciendo este tipo de operaciones y que contamos con el, etc. todo eso mientras se hace la operación. No bien se finalice la transacción lo dejaremos libre sin que se entere que estuvo secuestrado. Cuando se de cuenta de que hicimos la operación se le explicará todo y negociaremos la deuda que mantiene con nosotros. No tendrá derecho a enojarse por que no se olvide que tenemos la garantía de su casa y su auto y estamos casi seguros que le sigue importando esos bienes materiales. Que le parece?"
- "de ciencia a ficción pero Yo creo que ud., ha olvidado algo fundamental. La cuenta de la que estamos hablando, sólo tiene acceso el sr. Beloquio"
- "Sí lo se, y ese es el escollo principal, y se que ud. pensará que estoy loco pero en eso me tiene que ayudar, ir al banco, hacer lo que haya que hacer, tentar al gerente con algo, ud., me entiende, ya que estamos en el baile tendremos que bailar" en ese momento conoció a este hombre que hasta el momento habia demostrado mesura, había perdido la compostura y su semblante había cambiado.
- "cuanto pensaba pagarme por estos servicios, sr. Buenaventura? Y perdone que sea asi de directo" lo interrumpió Federico
- "pues digamos que cien mil dólares"
- "bueno mire, ud., ha sido tremendamente sincero conmigo, me ha contado todo este problema con lujo de detalles y le agradezco

su confianza, y yo tengo que corresponderle a ud., de la misma manera"

- "lo escucho"
- "ud., ha dado con la persona indicada. Hay otra persona que tiene acceso a esa cuenta desde hace algún tiempo y esa persona soy yo"
- "me esta diciendo la verdad Federico?"
- "toda la verdad"
- "pero como es esto? explíqueme por favor, por rque Beloquio nos aseguró que esa clave era practicamente inaccessible, incluso nos dijo que hay cinco números de la clave que los elige el propio banco"
- "y es asi, es verdad lo que sucedio fue que ...."

Cuando Federico terminó de contar todo con lujo de detalles los papeles se habian cambiado, ahora el sorprendido, el cazador que se vio cazado era el contador Buenaventura. No podia creer todo lo que había oído, pero por otro lado estaba más tranquilo y era que había elegido la persona indicada como había dicho hacia unos momentos el propio Federico.

Ya más repuesto de la sorpresa emitió una opinión muy importante

- "cuando hagamos la operación tendremos que organizarnos muy bien por que ud., no puede fallarle al gerente del banco. Ud., nunca tiene que admitirle a ese señor que fue ud., quien hizo la operación, incluso si él dice que puede detectar que la operación se hace de distintas computadoras, ud., no la podrá hacer de las oficinas de FrascoTrading por que Beloquio que supuestamente sería el único autorizado a realizar la operación no va a estar en Montevideo, y en Barrachayni tampoco por que ahi quedaría al descubierto de que fue ud., y si deciden investigar puede estar en problemas. Yo creo que ud., tendrá que ir a Buenos Aires a hacer toda la operación"
- "no le puedo fallar bajo ninguna circunstancias, tendremos que pensar en todos los detalles"
- "quédese tranquilo, de todo esos detalles me encargo yo, cuando llegue a Buenos Aires mis socios no lo van a creer que todo parece que va a ser mas fácil que lo que pensábamos, ojalá asi sea"
- "una pregunta más: tengo que pensar entonces que no va a ver mas entregas de dinero, o sea una más por la totalidad que falta girar y nada mas?"
- "exactamente, por que me hace esa pregunta?"

- "por que yo hice un plan de repago para los proveedores y el primer pago tenia que ser para el veintiuno de diciembre y el no va a recibir nada de dinero por que hasta las comisiones ud., se van a quedar con ese importe"
- "en eso no lo puedo ayudar en nada Federico"
- "lo único que nos puede salvar es que tengamos la apertura de las tiendas, al menos la de Barrachayni en la primer semana de noviembre con la mercadería que tengamos lista, para recuperar dinero y al menos poder pagar los primeros cheques. Lo único que si le pido es que cuanto antes le de a entender a Beloquio de que no va a ver más giros hasta que uds., tengan todo el dinero, pero en buenos tonos, es él que esta en deuda con uds., no uds. con él. Por que a mi lo que me da miedo es que si dejan "caer" a Beloquio se nos cae todo, a uds., la via de poder terminar de girar el dinero y yo me quedo sin el premio prometido"
- "quedese tranquilo que él de bobo no tiene un pelo, a él le sirve más que a nosotros este negocio, sin hacer nada se lleva el uno por ciento de todo el dinero que se gira"
- "a propósito, cuándo cobraría mi premio?"
- "en el momento de finalizar la operación"
- "a que le llama finalizar la operación"
- "cuando terminemos de girar el ultimo centavo"
- "ok, no cuando Beloquio termine de cancelar la deuda con uds.?, por que yo no tengo nada que ver con esa deuda que generó este tipo"
- "le doy mi palabra de honor que será asi como ud., dice. Federico. Ud., debe confiar en nosotros tanto como nosotros en ud., Si nosotros no giramos el dinero, de nada le sirve a ud., tener la clave de acceso a la cuenta, como ud., sabe la clave, nosotros lo vamos a utilizar a ud., y por eso le vamos a pagar un dinero y a la vez nosotros debemos confiar en ud., por que si ud., abre la boca nos entierra, literalmente, a nosotros. Asi que seamos personas responsables y seamos buenos socios" y selló el compromiso con un apretón de manos
- "está bien contador, no tengo otra opción que confiar en ud., y ud., en mi"
- "me alegro que trabaje conmigo, le voy a dejar una hoja con unas contraeñas que usaremos cuando nos comuniquemos via email, y desde su casa, no lo haga de la oficina por que puede quedar algún

rastro. Aunque lo ideal es que memorize todo y deje esta hoja en un lugar seguro, en su casa"

Ya eran mas de las dos de la mañana y Federico salió del hotel dispuesto a caminar las cuadras que lo separaban de su domicilio. Atrás quedó el compromiso con Buenaventura de verse al otro dia para desayunar juntos en el hotel y poder comenzar a trabajar juntos para un futuro inmediato.

Camino los doce blocks hasta su casa fue pensando que le diría a su mujer, ultimamente ya le contaba poco y nada, la relación estaba en un punto que el único que no quería aceptarla era el propio Federico que eludia hablar de su actividad aislándose cada vez mas de su pareja.

Capítulo 10

Claudicación

A las nueve de la mañana, Buenaventura pidió dos desayunos completos a su habitación.

Tanto el contador como Federico ya estaban mas distendidos, y disfrutaron de un desayuno de trabajo que más que de trabajo fue de intercambio de experiencias familiares.

Buenaventura era un enamorado de su familia, Federico era mas reservado, no era el momento ideal que estaba viviendo en ese sentido.

- "Mire, Federico, yo estoy orgulloso de mi familia, es un feudo que cuido celosamente, estoy casado hace veintiseís años con mi señora, que fue mi primer y unico amor, tengo cuatro hijos, los dos mayores tienen veinticuatro años y son gemelos, un varón y una nena y los dos están estudiando en la Universidad Católica y luego tengo otra nena de veinte años que estudia diseño y un varón de diez y ocho que quiere ser arquitecto"
- "que linda familia, mi caso es un poco distinto, yo creía tener una familia fuerte pero ultimamente se me ha venido todo abajo, pero bueno todo se supera"
- "tenga fe, Federico, ud., es creyente?"
- "si pero estoy flaqueando, desde hace algún tiempo hasta esta parte, nada me sale bien"
- "no piense asi, piense positivo y las cosas se vuelven positivo y rece, rece mucho y ponga todo en manos de Dios, cuando llega a este nivel de fe, le va a cambiar su vida, créame"

- "Dios lo oiga, me gusta hablar con ud., por que lo ve todo fácil"
- "No crea eso Federico. Yo me juego todo, no se si me entiende, me juego todo. Le voy a contar algo: poco antes de que surgieran estos hechos, nuestro estudio fue elegido como la auditoría mas seria de mi país. Sabe lo que significa esto. Ud. Es la referencia de su familia, de sus amigos, todo lo miran a ud., como alguien especial.

    El juez Federal y el fiscal encargado del caso MCN-Banco Patria, recuerda ese caso de corrupción no?"
- "Sí, por supuesto"
- "bueno, estos señores nos encomendaron trabajos de auditoria que llevaron a descubrir parte del recorrido que realizó el dinero de la coima de este caso.

    La univesidad Católica, donde estudian mis hijos mayores me invita a dictar una cátedra sobre la corrupción. Estuve dos meses preparando material reuniendome con jueces, con autoridades extranjeras que tienen investigaciones hechas sobre este tema, me he reunido también con periodistas. Es decir que paradogicamente reuní todo un material que hoy me esta sirviendo a mi. ud., se puede poner un instante en mis pantalones, que cosas me pasan por la cabeza? desde que estoy metido en todo esto, sencillamente no vivo, todo esto es perjudicial para mi salud y la de mi familia indirectamente, por que yo no me he animado a contarle nada ni a mi señora, pero ellos me ven preocupados"
- "le voy a hacer una pregunta, Buenaventura, que entiende ud. por corrupción?"
- "muy buena pregunta, según un funcionario de lo que sería nuestro Tribunal de Cuentas de Estados Unidos llamado James Hinchman que participó de un Congreso de la Organizacion Internacional de Entidades Fiscalizadoras Superiores, al cual yo fui invitado, y este señor definió la corrupción como *"El mal uso intencional de los recursos del Estado para propósitos inapropiados"*. Yo creo que este es el punto de vista de un integrante de un órgano fiscalizador de estado, pero hoy le puedo asegurar que la corrupción puede ocurrir en muchos otros contextos.

    Este señor también dijo en una parte de su alocución *"no hay gobierno libre de corrupción"*. O sea que pensando en esta aseveración, surge inmediatamente la hipótesis que en todos los gobiernos hay corrupción y el trabajo de los órganos fiscalizadores es justamente descubrir donde está. No se si es tan asi pero puede ser que algo de eso realmente ocurra.

El problema mayor es que a la larga son imprevisible e injustas las consecuencias de la corrupción ya que interfiere, haciendola decaer, en la capacidad de los gobiernos de brindar buenos servicios a todos los ciudadanos. Es decir que a la larga o a la corta la sociedad es la que paga los mayores o menores niveles de corrupción."

- "y en nuestros países "en vias de desarrollo" como nos definen, como se combate la corrupción?"

- "yo creo que la prevención es tan importante como la detección y ahi toda la sociedad en todos los niveles, políticos, educadores, periodistas, padres, etc., deberían tener un interés mayor en promover e insistir en las transparencias y la responsabilidad de los elegidos para que nos representen. Debemos educar a nuestros niños contra la corrupción, ahí debemos comenzar y con el paso de varias generaciones, comenzaríamos a tener excelentes resultados. Pero ahora el instrumento más válido para combatir la corrupción es la obligación de rendir cuentas, ya sean los gobiernos, o en una empresa pública o privada, etc. es decir donde haya posibilidad de que exista corrupción."

- "ahora digame otra cosa, donde comienza la corrupción?, por que yo como muchas personas tenemos la idea de que la corrupción realmente grave es aquella que involucra grandes sumas de dinero y que generalmente son detectadas en las altas esferas de los gobiernos, pero me parece que existen otras formas de corrupción que quizás en forma inmediata parecen inofensivas, pero con el tiempo se transforman en males realmente mayores"

- "Como aquel viejo título de película: *La violencia esta en nosotros* también podemos decir *La corrupción está en nosotros* yo creo que es algo inherente al ser humano, por eso insisto que uno con la educación la lleva a niveles bien bajos y por lo tanto la desalienta primero y la termina desactivando.

Contestando a tu pregunta sobre las formas de corrupción te puedo decir que existen maneras de practicar la corrupción que no tiene nada que ver con entrega de dinero pero si generan con el tiempo pérdidas multimillonarias como el caso típico del clientelismo político o el tráfico de influencias.

Este señor Hinchman decía además que *"desde el punto de vista moral es dificil hacer distinciones entre tipos y niveles de corrupción: todas están mal. La cuestión es el análisis que debemos de hacer para saber el impacto que tiene la corrupción en la capacidad del Estado en poder cumplir con la sociedad. Es decir toda corrupción esta mal pero los efectos en la sociedad pueden ser mayores o menores. También hay que tener en cuenta que la suma de pequeños efectos quizás desemboquen en un enorme efecto en la sociedad"*

- "en que paísees hay más corrupción en el primer mundo o en los nuestros"

- "es distinto - Federico – yo he llegado a la conclusión de que en el primer mundo la corrupción está en la altas esferas de la sociedad, entonces es más fácil detectarla, en cambio en nuestros países la corrupción está en todos los niveles, por eso se diluye de tal manera que es mas difícil corregirla, por eso digo que hay que apostar a la educación"

- "muy al pasar, me dijo que había estado trabajando en el caso MCN-Banco Patria. Cómo fue todo eso?"

- "bueno en el ano 1994, el Banco Patria Argentina firmó un contrato con la empresa MCN por un valor cercano a los doscientos cincuenta millones de dólares para informatizar todas sus sucursales que son alrededor de quinientas.

    Un año después ya existían denuncias de irregularidades y eso motivó el comienzo de una investigación a cargo de un juez federal. La investigación descubrió que existieron coimas, realizadas a través de una empresa denominada DDS que era una subcontratadas por MCN para proveer un sistema informático de emergecia.

    Esta empresa que tenía un presidente y un directorio pero en realidad era controlada por un alto funcionario del gobierno, compró un sistema de emergencia usado a la empresa Dulcef controlada también por el mismo funcionario en un millón de dólares y se lo vendió a MCN como un sistema nuevo por casi treinta y ocho millones de dólares. De estos casi treinta y ocho millones llegaron a pagarse casi veintiuno de los cuales cerca de once millones se les pagaron en efectivo a testaferros (13), que luego terminaron procesados por encubrimiento por que nunca confesaron a quien o a quienes posteriormente le entregaron ese dinero

    El resto del dinero siguió un tortuoso recorrido. Nuestro trabajo justamente consistió en tratar de reconstruir gran parte de la ruta del dinero.A una parte le perdimos el rastro, por que rápidamente se convirtió en efectivo y después de eso no se pudo averiguar mucho más.

La trayectoria del dinero se inició en un banco argentino: el Banco Americano de Negocios que tenía una filial en Uruguay llamada Compania Latina de Negocios y luego siguió a Suiza, Luxemburgo y Estados Unidos, todo protegido por una red de sociedades anónimas fantasmas compradas en el Uruguay.

En Suiza se descubrieron cuentas con nombres de fantasias como "Reina", "Alcaldesa" etc. que se relacionaban por esos nombres con empresas uruguayas y a su vez éstas pertenecían a directivos del Banco Patria y a algunos funcionarios del gobierno.

Con todas estas pruebas el juez llegó a procesar a una treintena de personas incluyendo a los principales ejecutivos de la MCN filial Argentina, de los bancos mencionados, algunos funcionarios del gobierno e incluso se pidió la extradición de ejecutivos de la central en Estados Unidos de la MCN por que aparentemente estaban en conocimiento de estos hechos. Pero nosotros con la investigación que hicimos tenemos la plena seguridad que el o los verdaderos autores intelectuales de todo esto no cayeron, no se pudo lograr más, era una tela de araña increíble. Esto que estamos haciendo nosotros es un juego de niños comparado con aquello"

- "sabe que estoy escuchandolo hablar de todo esto, y lo hace con tanta pasión y con tanto conocimiento de causa del tema que me imagino por un momento como se sentirá con toda esta situación que está envuelto?"

- "gracias Federico y mil gracias otra vez, no sabe lo que me alegra que alguien se ponga en nuestro lugar, por que no soy yo solo, mis socios estan igual. Yo creo que esta crisis incluso nos ha unido aun mucho más"

- "siendo asi ud., y sus socios, nunca le pasó por su cabeza, el hecho de denunciar inmediatamente ante la justicia en el momento de haber conocido la maniobra y acabar con todo esto rápidamente"

- "esa fue mi primera reacción en solitario, créamelo, pero cuando evaluamos todo en su conjunto, pensamos que lo podríamos hacer rápidamente teníamos la experiencia de nuestra investigación, sabíamos elegir los caminos sin cometer errores y además nadie iba a sospechar de nosotros. Pero la peor presión fue la de Phillips, que en determinado momento nos llegó a decir "nosotros nos somos niños en esto, no es la primera vez que intervenimos en licitaciones en Sudamérica, tenemos a un ex agente trabajando para nosotros, esto lo deben hacer sin miedos" y asi fue que claudicamos con nuestros valores.

El desayuno duró hasta las once horas y Federico se disculpó y se retiró por que tenía que presentarse en la empresa, era viernes y el domingo por la noche habia decidido viajar por la noche a Barrachayni en lugar de hacerlo como siempre los días martes de cada semana.

Ya habían intercambiado todas las instrucciones para comunicarse y como dijo el propio contador Buenaventura, lo único que le quedaba era rezar y esperar.

Lunes, seis de la mañana Federico ya estaba desayunando en el hotel junto a María Lucía que le informaba del éxito que habían tenidos los cursos, la motivación de todo el personal, que estaban a punto para comenzar a trabajar y deseosas de hacerlo.

Terminado esta pequeña reunión de trabajo se dirigió al local que ya estaba tomando forma, estaban prontos el noventa por ciento de los linearios de perfumería, los estantes para poner los otros tipos de mercadería y donde todavia no los había, se harían exhibidores con los propios productos, pero había que buscar soluciones que allanaran la inminente inauguración..

Federico ya habia contratado a Gloria como su asistente y ya estaba trabajando, una chica de la capital que estaba en la frontera trabajando en un hotel del lado brasilero haciendo una pasantía y le interesó el poder trabajar en la tienda y pensó que sería importante por la calidad de bilingue español-portugués e inmediatamente se incorporó formando parte de un equipo de trabajo muy efectivo conformado por ella, Federico y María Lucía.

Alrededor de las once de la mañana Gloria le pasa una llamada a Federico desde Buenos Aires, era Jorge Benitez

- "Federico, soy yo Jorge, como te va?"
- "muy bien, a que se debe esta sorpresa?"
- "quería preguntarte si había ocurrido algo con Martín, por que me llamó a las nueve de la mañana a mi casa para comunicarme que por favor el miércoles esté en Barrachayni para una reunión urgente"

Éste era el primer indicio de que Buenaventura y sus socios habian hablado con Martín Beloquio. Luego siguieron llamando a Federico: Ricardo

Nupive, el contador Mariano Garcia y hasta el abogado Julio Tiwisu para confirmar la hora de la reunión.

Que ironía de la vida. Beloquio como siempre menospreciando a Federico lo dejó para avisarle último sobre la reunión, estaba convencido que era "el ultimo orejón del tarro". Pobre tonto.

El clima del miércoles se asemejaba al que suelen describir los corresponsales de guerra en determinado momento de un conflicto bélico "reinaba una tensa calma". Federico había preparado con Gloria la sala y fueron llegando todos uno por uno.

Federico esbozaba una tenue sonrisa producto de su nerviosismo, si bien era sabedor de la situación y en eso estaba en ventaja con respecto a los demás, desconocía el rumbo que podían tomar los hehos.

Beloquio y sus socios fueron los últimos en llegar y despuésde los saludos protocolares todos entraron a la sala y Gloria cerró la puerta recibiendo la orden de no pasar llamadas ni interrumpir bajo ningún concepto aquella reunión.

- "yo los he hecho venir a esta reunión, para comunicarles que lamentablemente no puedo hacer frente a todos los compromisos que hay por delante y no se como afrontarlos. Estoy esperando un dinero, una suma importante y el lunes me comunicaron que no me puedo contar con esos fondos en forma inmediata"

La bomba estaba puesta en el medio de la mesa de la sala de sesiones. Que pasaría si Federico lanzara la bomba mayor y lo desenmascarara a Beloquio? era el poder que tenía Federico pero obviamente no lo podia utilizar.

Pero resultaba sumamente interesante, sabiendo la verdad, ver la cara de los protagonistas en esa escena. A Beloquio este traje de humildad y sinceramiento que había estrenado no le sentaba bien, en algún momento iba a manifestar su soberbia, solo habia que esperar. Nupive y su abogado estaban preocupados y no era para menos, aunque eran los menos que tenian que perder, ya tenían el local con un ochenta por ciento de la mercadería, el contador Mariano estaba tan desconcertado que no se animaba a mirar la cara de Federico. Pensaría que todo el plan explicado a los proveedores se habia venido al piso.

Jorge Benitez estaba destrozado, le había confesado reiteradamente a Federico que si fracasaba en este emprendimiento se debia retirar de este negocio por que no soportaria otro fracaso.

Los socios de Beloquio parecían haberse enterado no mucho antes de la reunión y sobre que sería, seguramente cuando salieron de la capital rumbo a la tienda, por que también se les notaba incómodos en la reunión.

El contador tomó la palabra

- "pero Beloquio hay un plan que elaboramos con Federico y eso hay que cumplirlo"
- "pero ud., no entendió, no puedo hacer frente a nada"
- "pero tenemos un mes para hacer el primer pago, tenemos tiempo que no lo podemos desperdiciar, hay que abrir esta tienda cuanto antes" replicó el contador
- "en eso estoy totalmente de acuerdo, yo creo que este fin de semana debemos abrir con lo que tenemos y ahi vamos a ver con cuanto contamos de recaudación diariamente" opinó Nupive

El más decepcionado era Jorge Benitez que había luchado siempre para que primero se abriera la tienda de Ushuaia pero era tan evidente y necesaria la apertura de la tienda de Barrachayni que no tuvo más que claudicar y aceptar la idea.

Beloquio después que tiró la bomba había quedado aturdido con la explosión por que no habia abierto la boca hasta que decidio opinar:

- "Lo que sí tenemos que hacer mientras tanto es controlar todos los gastos por mas mínimos que sea, tenemos que cumplir con las obligaciones que tenemos como sea"

Federico realizó un gesto como de fastidio por la situación que fue solamente percatado y malinterpretado por Beloquio que en su momento pareció dejarlo pasar.

Al finalizar la reunión, Beloquio quedó en la sala con Federico y el contador Mariano Garcia, y sus dos socios Julio Sampietro y Marcelo Santos, éstos últimos a pedido del primero y pensaron que era para repasar la estrategia con los proveedores pero cuan equivocado estaban, fueron protagonistas de un lamentable episodio.

Beloquio exteriorizó toda su histeria contenida contra Federico y tiró su pequeño portafolio sobre la mesa de la sala.

- "nunca vi una persona mas inconsciente e irracional que ud., propongo que se controlen los gastos y ud., hace gestos, ud., todavía no entendió que aquí el único que pone el dinero soy yo y estoy rodeado de gente como ud., que solo piensa en llevárselo, yo pongo y otros la disfrutan"

Lo que no estuvo en ninguno de los cálculos de Beloquio y de los presentes fue la inesperada reacción de Federico, quién lo tomó de la solapa del saco, lo tomó en peso y lo volvió a sentar de nuevo en la silla que habia ocupado durante la reunión y sabedor de que tenía dominada la situación por ser el único protagonista en tener el conocimiento de la verdad plena.

Ante un paralizado Mariano, se dirigió a Beloquio al que no lo soltaba de su abrigo y le dijo:

- "escúcheme lo que le voy a decir y escucheme bien por que no quiero volver a repetírselo y además ahora tenemos a estos señores de testigos. Es la segunda vez que me tira algo y con los mismos argumentos y sepa que no lo voy a permitir otra vez. Ud. me va a respetar, sea como sea.

    Además si ud., sale de ésta situación vamos a salir todos no solo ud., y le guste a ud., o no, será gracias a mí, aquí le falló su teoría de que el dinero soluciona todo, aqui hay que actuar con inteligencia y no con su histérica soberbia"

    Y otra cosa le voy a aclarar, el gesto que ud., vio que hice es por que esa estupidez que ud., dijo creí que estaba dirigida a mi persona y más específicamente referida a mi futuro salario y yo le quiero decir que ud. va a respetar todo lo que prometió."

Al soltarlo Federico, Beloquio quedó desparramado en la silla de una forma no muy ortodoxa y con su orgullo herido como nunca lo habia estado antes, pero su soberbia podia más que la razón.

- "lo único que desearía en este momento es no contar con ud., en esta empresa, ud., se me vendió como una persona inteligente y lo único que le interesa es mi dinero" alcanzó a decirle a Federico mientras era literalmente sacado de la sala por sus socios.
- "le guste o no le guste me va a tener que aguantar por que no le queda otra y su dinero se lo puede meter en su maldito culo"

Todos los protagonistas se dispersaron rapidamente, Beloquio furioso y sus socios bajaron las escaleras presurosos, se dirigieron a sus autos y salieron para la capital. Ni saludaron a María Lucía y a Gloria que habían logrado escuchar todo lo sucedido, ni tampoco saludaron a Benitez que ni se enteró de lo sucedido.

Jorge Benitez, Nupive y su abogado estaban en la tienda ayudando a las chicas a ir ordenando la mercadería que tenían ante la inminente apertura.

Federico al darse cuenta de la presencia de las dos mujeres, salió de la sala a pedirles disculpas por el léxico utilizado y volvió a entrar a la sala donde estaba el contador Mariano Garcia quien lamentando lo sucedido con Federico dijo:

- "No se que pasará de ahora en más, pero estuviste bien, este tipo es un mal educado, irrespetuoso, soberbio, no ve ningún esfuerzo de los demás, sólo es el dinero para él lo mas importante. ! que decepción ! yo lo creía una persona inteligente"
- "no va a pasar nada, Mariano, me va a tener que soportar seguir trabajando en la empresa, le guste o no le guste, por que si me despide, lo destrozo, Mariano, lo destrozo. No tiene idea del daño que le puedo hacer"

Evidéntemente la información es poder y en este momento para Federico más que valedera era esa información, pero ya habiendo pasado unos minutos y estando mas frio se dio cuenta de que quizás sin quererlo, con ese tipo de acciones podia hacer fracasar el plan de Buenaventura y eso ahora era lo mas importante.

Todos se fueron yendo de la ciudad rumbo a la capital en sus respectivos carros, salvo el contador Mariano y el abogado de Nupive que fueron en el carro de este ultimo. Cuando salieron a los pocos minutos llamó del cellular a Federico

- "Federico, habla Ricardo, voy en mi carro manejando y me está contando el contador Mariano del inconveniente que tuviste con Beloquio. Yo te quiero decir que independiéntemente de lo que piense Beloquio, vos vas a seguir trabajndo con nosotros y además se te va a respetar lo que se te prometió. No se que le pasa a este tipo, que problemas tiene, pero no son los nuestros. Asi que tranquilo y seguí trabajando como hasta ahora"

- "gracias y te agradezco la confianza, pero lo único que te pido ahora es que me ayuden todos a inaugurar la tienda este fin de semana, no podemos esperar mas, tenemos que cumplir con el plan de pago a los proveedores y estoy seguro que nos va a ir muy bien"
- "perfecto, asi me gusta, vamos a abrir y con ese espíritu, yo vengo con toda mi familia, mis hermanas, mi mujer todos juntos y te aseguro que nos va a ir muy bien"

El último protagonista de la reunión que quedaba era Jorge Benitez que había decidido irse para Buenos Aires via carretera, y como había ido en su auto, estaba esperando que pasara el mediodía para que se descongestionara el tráfico y poder viajar tranquilo.

Cuando Federico se desocupó, lo invitó a tomar un café en la cafeteria cerca de la tienda.

- "querido Fede, creo que claudicamos, nuestro común amigo Martín Beloquio claudicó"
- "te parece?"
- "Me contó de tu gestión con los proveedores por el asunto de los pagos y eso lamentablemente es una señal. Qué le habrá pasado?, se habrá quedado sin dinero?"
- "la verdad que no se, si no sabés vos que eras su confidente"
- "dejate de joder, te estoy hablando en serio, yo no se que hacer"
- "vos tenés que ponerte las pilas y hacer lo mismo que vamos a hacer nosotros aquí, abrir la tienda de Ushuaia para que comience a entrar dinero por las dudas que este tipo se haya quedado sin dinero para invertir"

Efectivamente el sabado veintidós de noviembre, un dia espléndido, con toda la capacidad hotelera y casas para rentar en un cien por ciento ocupadas, a escasos días del principio oficial del verano, abrió las puertas *"Mundial Duty Free Shop"* y con gran éxito y con lo recaudado diariamente en pocos días ya se había cubierto el presupuesto del mes incluido el primer pago acordado con los proveedores.

Federico ya estaba viviendo en la ciudad de Barrachayni a escasos blocks de la tienda en una modesta casa que Nupive se habia comprometido a pagarle la renta.

Para Beloquio lejos de mejorar las cosas se le habían complicado de una manera que nadie se la podia imaginar.

Sus socios ya lo habian abandonado, dada la demora en realizar más giros de dinero ya desconfiaba del estudio de Buenaventura de que estuviera haciendo estas operaciones por otra via.

El mismo contador Buenaventura lo había tranquilizado por que a nadie le servía el nerviosismo de Beloquio que podía abrir la boca y echaría por tierra todo lo discreto que había sido la operació hasta el momento. Además una cosa que Beloquio no sabía era que el recorrido del dinero debía ser el que estaba programado por que tenía que entrar primero a la Argentina como un capital de inversión de las empresas en cuestión.

Aunque no lo presionaban mucho por que temían a cualquier reacción negativa de Beloquio, estaban preocupados por la recuperación de la suma que Beloquio no había logrado reponer - algo más de cuatrocientos mil dólares – y Beloquio sabía de eso pero era incapaz de conseguir ese dinero, la "calesita" se habia detenido abuptamente.

Para terminar al menos con el problema mayor del giro del dinero de los políticos corruptos al exterior Buenaventura estaba presionando al mismo tiempo a Phillip para poder disponer del dinero y asi depositarlo en el exterior. Este último le había prometido que antes de Navidad, se habría logrado reunir en Buenos Aires todo el dinero que faltaba girar al exterior a las cuentas fantasmas.

Si las cosas estaban de malas para Beloquio, un acto fortuito e inesperado, puso luz amarilla en su matrimonio. La señora fue a la caja fuerte del banco a depositar unas joyas y se percató que no estaban los títulos de la casa que ella misma los había guardado y obviamente consultó a su esposo que logró encontrar una respuesta no muy convincente – estaban despositados en garantía por un préstamo bancario – una verdad a medias que provocó el descontento de la señora por no habérselo dicho en su oportunidad.

Eran muchas presiones sobre la misma persona y llegó el momento que no las pudo soportar y el dia quince de diciembre resuelve llamar al contador Mariano Garcia y comunicarle que se retira del negocio.

Le dice la verdad a medias, que ha hecho la "calesita" financiera con un dinero, y que al cortarse el flujo de dinero no ha podido reponer el dinero que gastó

La voz de alarma estaba ya impuesta, el contador Mariano llama urgente a Federico para contarle lo acontecido y éste inmediatamente se comunica con el contador Buenaventura.

Éste ya estaba enterado y tenía planes para Federico

- "Federico, se me adelantó, yo lo iba a llamar esta misma noche. Beloquio estaba muy presionado y resolvió separarse del negocio de las tiendas y el cree que va a recuperar dinero del que invirtió y con eso nos va a pagar a nosotros. Yo lo iba a llamar a ud., por la noche por que vamos a hacer la operación por fin, ya tenemos los catorce millones en su totalidad. Seguimos el plan que habiamos imaginado con ud., Nosotros para calmarlo lo invitamos para que la semana que viene venga a Buenos Aires y le dijimos que lo vamos a seguir utilizando a él para estas operaciones .Y le hemos dado la seguridad de que no tenemos a ninguna otra persona"
- "el problema lo van a tener cuando él se entere de que se hizo la operación y que el no intervino para nada"
- "en ese momento le recordaremos que tenemos los títulos de propiedad de su casa y de sus autos y que tenemos que llegar a un acuerdo para solucionar lo del dinero que nos debe. Pero ese es otro cantar. Vamos por parte"
- "Sí, vamos por parte por que tenemos que coordinar como hago yo para llegar a Buenos Aires por que ahora vamos a estar en plena temporada y van a notar que no he ido a trabajar. No puedo ausentarme por mucho tiempo, tengo que hacer todo en un día. Por favor confirmeme el día que debo estar en Buenos aires y todos los pasos a seguir"

Buenaventura como gran estratega que era ya tenía todo organizado, el día clave sería el lunes veintidos de diciembre, a Federico lo irían a buscar en auto uno de los socios de Buenaventura y estarían saliendo de Barrachayni el domingo por la tarde cruzando a Buenos Aires por uno de los puentes sobre el Rio Uruguay, al llegar a Buenos Aires irían directo a las oficinas del estudio contable en donde lo esperarían con todos los elementos para hacer la operación. Por las diferencias horarias entre Argentina, Estados Unidos y Europa todo se debería hacer a primeras horas de la mañana del lunes

Ese mismo día Beloquio iba a estar en Buenos Aires y Buenaventura iba a ser su anfitrión estando todo el día con él, irían a reunirse a un Country a las afueras de la city en la provincia de Buenos Aires y lo dejaían en libertad de acción cuando se confirme el ok. fe la transacción.

Todo salió perfecto, aunque hubo un momento de incertidumbre cuando se demoraba la confirmación del traspaso de la cuenta de Beloquio hacia el exterior. Pero al final todo se realizó con suceso, incluso se obtuvo la confirmación de la llegada de los fondos a la cuenta en Suiza que al final fue el destino elegido por los interesados, una cuenta que estaba monitoreada por el ex agente. La palabra clave elegida por el agente para confirmar el éxito de la operación y que tranquilizó a todos fue "MyLove". Se giró el total del "premio" de los politicos y el importe que debía Beloquio para que cerrara toda la operación. El estudio del contador Buenaventura, había decidido el final de la operación y puso el dinero por que total de alguna manera lo iba a recuperar presionando a Beloquio. Estaba la misión cumplida y el fin de parte de la pesadilla.

El otro socio de Buenaventura estaba listo para devolver por el mismo camino a Federico y llevarlo de regreso a Barrachayni.
Tanto Gloria como María Lucía fueron cómplices de la ausencia de Federico, quien tampoco les dio mayores detalles
Todavía quedaba la reacción de Beloquio y el pago de su deuda.

Una de las cosas que preocupaba a Federico era que en algún momento se iba a tener que enfrentar a don Manuel Emxesi el gerente del banco. Si Beloquio reaccionaba como todos pensaban que lo iba a hacer como un animal herido, al primero que le iba a reclamar por la seguridad de su cuenta era al Gerente y éste en el primero que desconfiaría sería de Federico. La única estrategia que tenia Federico para defenderse era negar y negar que él habia sido y desviar la atención del gerente y hacerlo desconfiar de que tal vez existiera otra persona que supiera la clave de la cuenta.

Pero como decia Buenaventura, - y le daba resultados - lo unico que queda es rezar y esperar

Capítulo 11

Las cosas en su lugar

El miércoles siguiente o sea ya veinticuatro de diciembre, vísperas de la navidad, de mañana bien temprano, ya Federico como siempre estaba en la tienda y estaba sólo. Ese dia cerraría temprano la tienda y al otro día no abrirían las puertas del mismo.

Suena el teléfono, lo que sorprende a Federico por lo temprano, recien eran las siete de la mañana:

- "Federico?"
- "si, Federico habla"
- "como le va?, soy Buenaventura"
- "bien, gracias a Dios, pero esta llamada me pone nervioso. Tuvo algun inconveniente la operación?"
- "no, no, tranquilo, Federico, lo llamo por varias cosas, la primera para desearle una muy feliz navidad y desearle que el año que viene sea mejor para ud., y su familia mejor que éste"
- "gracias, igualmente"
- "todo lo demás que tengo para ud., es relacionado con la operación pero quédese tranquilo que salió todo bien pero lo primero es lo primero. Lo prometido es deuda y su dinero esta ya disponible, ud. Me dijo que iba a pasarme un número de cuenta"
- "exáctamente yo le voy a pasar todos los datos y el número de la cuenta para que ud., me gire el dinero. Seguramente todos los datos los voy a tener el próximo veintiseis de diciembre."

- "Segundo le digo que el próximo sábado nos reuniremos aquí en Buenos Aires, mis socios, yo, Beloquio y su contador un tal Mariano Garcia, lo conoce?"
- "si, es amigo mio, yo lo traje a la empresa, que raro que no me ha comentado nada"
- "es que la reunión la concretamos anoche. Beloquio descubrió la maniobra, no reaccionó como pensamos, esta hecho un gatito en lugar de un león herido. Mejor asi para todos. Accedió a reunirnos y exponernos alguna idea o un plan de pago, no sé con que va a venir, pero lo que acordemos lo vamos a hacer de forma civilizada, sin escándalos, como nos gusta a nosotros."
- "eso me tranquiliza. Sabe que el otro día mientras su socio me traía de nuevo para aquí, se me ocurrió una idea que quizás sea una locura pero que si ud., lo piensa fríamente sería una solución que al menos merecería ser estudiada. No le comenté nada a su socio por que yo realmene tengo confianza con ud., pero si uds. aceptaran podríamos seguir relacionados y podría cumplir un sueño personal"
- "ahora no me va a dejar con la intriga, por favor dígame su idea"
- "por que no le acepta a Beloquio como pago de la deuda, el traspaso a uds., de la tienda de Ushuaia. Está abriendo en estos días, esta todo armado, esta abastecida de mercaderia. Tiene una renta que ya esta paga por el termino de un año, al finalizar el año, se podrá renovar la renta y quizás en términos más ventajosos. Ud., también sabe como esta formada la sociedad propietaria de esa tienda en Argentina, el cincuenta por ciento le corresponde a Beloquio, que más el uno por ciento que está a mi nombre le puede dar la mayoría en la sociedad y así podrá tomar la decisión de vender su parte y eso sí tendrán que negociar por el otro cuarenta y nueve por ciento con Benitez"
- "pero Federico, por que dice que esa idea es una locura, para mi es una brillante idea. Dejemelo consultar con mis socios, pero por que dice que si nosotros aceptramos esta propuesta nosotros podríamos seguir relacionados y ud., podría cumplir un sueño?"
- "por que seguro que uds., nesecitarían de un gerente que se encargara de dirigir la tienda por que uds., serán muy buenos contadores pero de este negocio seguro que no entienden mucho" comentó jocosamente Federico
- "ud., piensa en todo Federico, por supuesto que contaríamos con ud., pero déjeme ver como se desarrollan los hechos, pero seguro

que vamos a tenr en cuenta esa opción. Nos hablamos de nuevo después de la reunión. Un abrazo y le reitero para ud. Y su familia una muy pero muy feliz navidad"

- "igual para todos uds.,"

Hacía media hora que había terminado de hablar con Buenaventura cuando suena otra vez el teléfono, esta vez era el contador Mariano Garcia:

- "Fede, esta novela no termina más, sigue sumando capítulos"
- "que pasó ahora" preguntó Federico ya sabedor de la historia pero ahora probaría si recibía la misma información de ambos lados
- "Me llamó Beloquio, me invitó a tomar un café hoy por la mañana y me contó lo que supuestamente es toda la verdad sobre el asunto del dinero que él usó y que hizo la famosa "calesita" y que no era de el ...." y siguió contándole a Federico la historia de la que él también habia sido uno de los principales, sino el más protagonista, cosa que ni el mismo contador Garcia imaginaba, el que además seguía ignorando el verdadero corazón del problema que era el origen y distribución del dinero sucio. Eso nunca lo supo.

Luego del final de su historia llegó a cuales serían los pasos próximos de esta novela sin final

- "........ resulta que me pidió que lo acompañara este sábado a Buenos Aires que se iba a reunir con esta gente para ver si lo puedo ayudar en algo. Pero a mi desde que me despedí de él, me ha estado dando vueltas en mi cabeza una idea que podria solucionar yo creo, el pago de la deuda, pero no le comenté nada, primero quería hablarlo contigo, para que me des tu opinión"
- "haber, decime tu brillante idea"
- "por que no le vende la tienda de Ushuaia a estos acreedores y ahi soluciona parte del problema, la tienda abre su puertas esta semana que viene, además esta bastante surtida de mercadería y habría que ponerle un precio a la llave del negocio y de esa manera saldría del problema mayor. Después con tranquilidad se tendrá que concentrar en tratar de recuperar algo de dinero que invirtió en la tienda de Barrachayni. Pero ahora su urgencia es cancelar la deuda con esta gente. Que te parece?"

O la idea parecía tan obvia que se le podía ocurrir a cualquiera, o Federico y el Contador Mariano eran sumamente inteligentes que los dos como estaban en la misma sintonía se les ocurrió la misma idea a los dos, pero lo que sí era cierto era que el no podía decirle nada al contador de que esa idea ya estaba a estudio de la otra parte, la que comandaba el contador Buenaventura, entonces solo se le ocurrió decir

- "me parece una brillante idea" y al mismo tiempo que emitió esta respuesta se sintió en la necesidad de comunicarle a Buenaventura que Beloquio y el contador le harían esa propuesta pero por iniciativa de Mariano Garcia. No quería que pensara que habia sido él que había propuesto la idea a las dos partes. Comunicación que hizo por email al terminar la charla con el contador
- "pero yo creo que tenemos un grave problema y es que esa sociedad esta hecha cincuenta y cincuenta entre Beloquio y Jorge Benitez y si éste se niega a vender quedamos estancados" continuó diciendo Mariano Garcia
- "quién te dijo eso?"
- "las leyes argentinas son asi"
- "quién te dijo que la sociedad esta hecha cincuenta y cincuenta?"
- "Beloquio siempre me lo dijo"
- "pues estás en un gravísimo error. Beloquio sí tiene el cincuenta por ciento, pero Jorge Benitez tiene sólo el cuarenta y nueve por ciento y yo tengo un uno por cieno de la sociedad"

Primero un silencio y luego una exclamación del contador Mariano Garcia que no podía creer lo que estaba oyendo

- "Federico, me estás jodiendo?, júrame que es cierto lo que estas diciendo"
- "es la pura verdad. Yo tengo en mi casa toda la documentación correspondiente que me acredita ese uno por ciento que me corresponde de esa sociedad. Planteale la idea y ya le decís que le vendo ese uno por ciento"
- "y cuál es el precio?"
- "quiero que me devuelva el conforme que le firmé cuando me prestó el dinero para pagar mis deudas por los impuestos no pagos. Te juro que si fuera otra persona, no le cobraría un centavo, pero

este tipo no se lo merece. Le cambio papel por papel pero lo
quiero ya"

- "no lo había pensado, es una buena y justa idea por todo lo que le
  tuviste que soportar, lo va a tener que aceptar y sin demoras por que
  tendríamos que ir a Buenos Aires con esto solucionado, es decir que
  Beloquio pueda contar con el cincuenta y uno por ciento de las
  acciones de la empresa para tener libertad de poder vender su parte
  y negociar las otras cosas"

Había sido la mejor jugada de Federico, muy a regañadientes y con un
indisimulado odio Beloquio accedió al acuerdo. Con la recuperación del
conforme que acreditaba que ya no le debía un centavo, envió inmediatamente
el contrato de su participación en la compañía argentina cediendo ese uno
por ciento a Beloquio.

Ya no era tan importante si el estudio de Buenaventura accedía a quedarse
o no con la tienda de Ushuaia aunque le atraía la idea, pero Federico ya había
hecho un buen negocio. Por poco más de un año había sido un esclavo
de Beloquio justamente por ese documento que acababa de recuperar.
Enhorabuena. Tenía suficientes méritos para sentirse feliz.

Finalmente el estudio de Buenaventura se quedó con la tienda de
Ushuaia, como la solución más coherente y segura de hacerse del dinero que
se le debía.

En la reunión entre Buenaventura y sus socios, el contador Mariano
Garcia y Beloquio, este último no dejó de echarles todas las culpas del
"fracaso" a Jorge Benitez y sus faraónicas propuestas, "total el dinero no era
de él" repitió varias veces. Y por supuesto de Federico no escatimó en malos
deseos, segun él estaba "caminando" muy mal, y lo que mas le dolía era "que
cuando más lo necesitó lo habia abandonado" justo a él que tanto lo había
ayudado.

Los demás presentes escuchaban sin importarles absolutamente nada de
lo que decía.

Liquidado el tema con Beloquio quedaba finiquitar el tema con Jorge
Benitez, con el cual el grupo de Buenaventura se reunió en los primeros días
del año nuevo con una oferta bien concreta, le darían cincuenta mil dólares
a cambio del cuarenta y nueve por ciento de su participación en la empresa y
sin decir nada cedió sus acciones por ese monto, ni un dolar más ni un dolar
menos y sin regateos.

No dejaba de ser un gran negocio. Sin poner ni un solo dolar, habia ganado cincuenta mil en un año por su desempeño en la compañia. Era justo, él había hecho su trabajo.

De la misma manera que lo había hecho Beloquio, "despacho flores" contra todos: "Beloquio me hizo quedar pegado con proveedores internacionales, esto fue como una pesadilla que gracias a Dios ya se terminó, fue como dormir con el enemigo sin darse cuenta, además creo que estuve siempre rodeado de ignorantes" no se sabe a quien se refería.

Desde el dia que Beloquio habia tenido la primer reunión con Federico en su oficina en la capital hasta el momento en que se puso punto final a esta historia, habia pasado aproximadamente poco mas de un año, y sin duda alguna la vida habia cambiado para todos:

Martin Beloquio habia tenido que sincerarse con su familia de todos sus negocios y tambièn de sus fracasos, su familia le había respondido de la mejor manera: sin reproches y ayudándolo y asi comenzó a salir de ese atolladero que se encontraba. Sin duda su familia era el capital más grande y el más importante que tenía. No el dinero como aseguraba él

Con la ayuda del contador **Mariano Garcia** logró sanear sus finanzas, diferir pagos, y recobrar parte del dinero invertido en la tienda de Barrachayni.

Era imposible desprenderse de su soberbia y de su odio hacia Federico.

Un día había ido al aeropuerto a despedir un familiar y vio a Federico embarcando en primera clase de American Airlines con destino a Estados Unidos. Ese día se reunía con el contador Mariano y no pudo callarse al respecto:

- "No se imagina con la ira que estoy hoy"
- "qué le pasó?" le contestó el contador
- "hoy vi a su amigo Federico, tomando un avión para Estados Unidos, en primera clase, parecia un ejecutivo el ladrón ese"

El contador reaccionó por su amigo

- "Mire, Beloquio, le voy a decir dos cosas. Primero, me tiene cansado con su arrogancia y su soberbia, mejor debe preocuparse por sus asuntos en lugar de hacerlo por Federico. Ud., lo tuvo trabajando para ud., y ud., nunca le hizo caso, siempre lo menospreció, nunca lo tuvo en cuenta para nada, ud., no decía que lo manejaba con un dedo como ud., quería, pues no lo hizo, dicho de otra manera, jugó con él y perdió. Y en Segundo lugar, Federico no aparenta ser un ejecutivo, es un ejecutivo le guste o no, y estaba viajando a Estados Unidos con el Sr. Gerardo Buenaventura, lo conoce? Se recuerda quien es el sr. Buenaventura?"

- "sí, lo recuerdo, pero que tiene que ver con Buenaventura? dijo un asombrado Beloquio.

- "pues Federico trabaja con Buenaventura, asi que le pido un favor, no me mencione mas a Federico"

La respuesta del contador Mariano Garcia fue lapidaria, era el golpe de gracia que necesitaba.

Para los socios de Beloquio la caida de éste no les perjudicó mayormente, ellos no habían invertido mucho dinero todavía, ellos pensaban hacerlo en la tienda de Ushuaia a medida que fuera creciendo el negocio.

Julio Sampietro, se estaba interiorizando un poco mas de los negocios del campo de su familia y ya estaba pensando en el nuevo contrato de arrendamieno a firmarse con los ganaderos brasileros que le sería mucho más beneficioso.

Para **Marcelo Santos** fue un alivio que sucedieran todos estos acontecimientos negativos en la vida de Beloquio por que le permitió alejarse definitivamente del grupo y dedicarse solamente a la administración de los campos de su familia y además se ahorraba el tener que andar muchas veces encubriendo andanzas de algunos de sus socios.

Jorge Benitez había logrado reinsertarse nuevamente en el mundo de la perfumería y la cosméticca. La cadena de Perfumerias Apowistem había retomado su vigor empresarial y lo primero que hicieron fue contratarlo nuevamente y era el principal asesor de la empresa. Con Federico habia cambiado y para bien su relación. Se trataban con respeto y una nueva amistad habia nacido entre los dos. Ambos dieron vuelta la página. La experiencia vivida los marcó como personas y tambien como amigos.

Ni **Ricardo Nupive**, ni su asesor jurídico **Julio Tiwisu** pudieron seguir manteniendo viva la esperanza de que *Mundial Duty Free Shop* fuera la tienda mas grande de Barrachayni. Se quedó a mitad de camino, una tienda del montón de las que hay tantas en la frontera

La última vez que había sido visto el **"Chino" Daniel** contrabandeaba whisky escocés y perfumes para el Brasil y del Brasil para Uruguay era un fuerte contrabandista de cigarillos. Cuando terminó la obra de construcción y se abrió la tienda, siendo Federico aun el gerente, éste le ofreció para trabajar de seguridad por las noches pero probó un tiempo, y no era trabajo para él, eran muchas las tentaciones y responsabilidades para la retribución que recibía, además le gustaba la indpendencia y la acción en el total sentido de la palabra.

Manuel Emxesi nunca entendió que pasó con Federico que nunca más se presentó en el banco. La presentación a quiebra de la empresa de Beloquio cuando terminó la actividad con las tiendas, le trajo en un principio algún problema en el banco por que los superiores le recriminaron el no haber aplicado algunos controles mas estrictos. Lamentablemente fue una mancha para su foja de empleado. Nunca se enteró si hubo o no mas entrada o salida de dinero de la cuenta de Beloquio y si le había servido de algo a Federico toda la investigación que había hecho

Cuando se retiró del banco, le dolió en el alma que no recibió de la gerencia general la orden del mérito como empleado, reservado a los que han trabajado mas de cuarenta años en la institución. Nunca se había equivocado pero cometió la tonteria de arriesgarse por un desconocido como lo era Beloquio y perdió.

Gerardo Buenaventura volvió a la vida normal. Su familia no entendió que le había pasado en ese tiempo que estuvo tan nervioso, logró convencerlos a todos que había sufrido un stress por todo lo trabajado tanto en las licitaciones como en la investigación de lo acontecido entre MCN y Banco Patria. Hasta él mismo se había convencido de eso. Lo otro había sido una pesadilla

Se desconectó totalmente de todas las empresas involucradas en las licitaciones de las privatizaciones del estado, del único que recibía noticias periódicamente era de **Frank Phillips** que se aseguró cobrar su "comisión" primero y luego se pensionó ya con una jugosa cuenta bancaria y reparte su tiempo entre su hacienda en Cold Spring Harbor en Long Island – New York y su casa de verano en Weston, Florida

La amistad entre Gerardo Buenaventura y **Federico Miraballes** creció y se hizo fuerte. Éste se transformó en su asesor de negocios de Duty Free

Shop por que su estudio contable no sólo se quedó con la tienda de Ushuaia, sino que con el tiempo recompraron la tienda a Nupive y transformaron a *"Mundial Duty Free Shop"* ahora si en una de las tiendas más importante de la frontera entre Brasil y Uruguay.

Tanto el sr. Buenaventura que pudo descubrir y Federico que pudo confirmar que las tiendas de Duty Free Shop son un mundo de fantasias y sueños ofrecidos al alcance del viajero.

La última vez que había estado Federico en Barrachayni, le pareció que era un ciudad distinta y solo había pasado poco más de un año.

Todas las situaciones que les toca vivir a cualquier individuo dejan su enseñanza y estas no fueron la excepción.

Una fue, la de comprobar que la soberbia no tiene trinchera, no se puede esconder y además que es cierto aquello tantas veces escuchado: *"la soberbia es el peor pecado y el que mas ofende a Dios y el que éste más castiga"*

Otra enseñanza es que nadie esta libre de participar directa o indirectamente en algún acto de corrupción, haya elegido hacerlo o no, pero sin ninguna duda convivimos con ella

FIN

Glosario

1. **Bagayero** Nombre que se le da al contrabandista de frontera

2. **Bayana** Nombre que identifica a los habitantes uruguayos que residen en las fronteras uruguayo-brasileno

3. **Spetus Corrido** tradicionales restaurantes brasileros donde se expiden comidas a base de todo tipo de carnes y acompañados de abundante buffet

4. **"Calentando el pico"** Expression ciudadana rioplatense que significa acostumbrar al cuerpo a la bebida que va comenzar a recibir

5. **Boliche** Referente a un bar de poco nivel

6. **Atorrante** del dialecto rioplatense Lunfardo:Definicion de persona vaga

7. **La vuelta** Se refiere a la segunda copa que se pide en un restaurante o bar

8. **Farol** Cuando el vaso con bebida excede a una medida habitual

9. **Ligerita de cascos** Expresión que se refiere a una mujer de fácil conquista

10. **Garota** Niña en portugués

11. **"Gauya"** Nativa del estado de Rio Grande do Sul

12. **CIF** se refiere a las siglas en ingles Cost Insurance Freight CIF

13. **Testaferro:** Persona que presta su nombre en un contrato, pretensión o negocio que en realidad es de otra persona.

Made in the USA
Monee, IL
19 October 2021

80318447R10100